길 위에서 부산을 보다

일러두기

이 책은 부산광역시 관광진흥과와 산지니 출판그룹이 기획 제작한 '부산관광스토리텔링북' 입니다.

이 책의 사진 자료는 부산광역시와 각 구청, 부산일보의 자료를 보충하였습니다.

길 위에서 부산을 보다

초판 1쇄 발행 2012년 11월 19일

지은이 임회숙
기획   예명숙
펴낸이 강수걸
펴낸곳 산지니
편집 윤은미 권경옥 손수경 양아름
디자인 권문경
등록 2005년 2월 7일 제14-49호
주소 부산광역시 연제구 거제1동 1498-2 위너스빌딩 203호
전화 051-504-7070 | 팩스 051-507-7543
홈페이지 www.sanzinibook.com
전자우편 sanzini@sanzinibook.com
블로그 http://sanzinibook.tistory.com

ISBN 978-89-6545-202-7 03810

* 이 도서의 국립중앙도서관 출판시도서목록(CIP)은
e-CIP 홈페이지(http://www.nl.go.kr/cip.php)에서
이용하실 수 있습니다.(CIP 제어번호 : CIP 2012005010)

길 위에서 부산을 보다

임회숙

Busan Storytelling Book

산지니

기억은 시간과 단짝이다. 그러고 보니 부산은 시간과 단짝인 추억을 많이도 가진 도시다. 부산포(釜山浦)로 시작된 부산의 기억은 왜관과 관부연락선을 거쳐 임시수도사령부로 이어진다. 부산을 걷다 보면 관부연락선에서 하선하는 귀향민이 북항의 크루즈선을 바라보거나 영도다리를 걷던 피난민이 오페라하우스 앞에서 그리운 사람과 재회를 할 것 같다. 어쩌면 월남에서 돌아온 김 상사가 남항대교 위에서 사랑하는 연인에게 열정의 키스를 보내며 청혼을 할 것도 같다.

시간은 다시 길 위를 달리기 시작한다. 지나온 길이 멀어질수록 앞으로 가야 할 길은 가까워진다. 눈앞에 펼쳐진 길을 걷는 사람들이 보인다. 한류를 찾아 부산으로 온 외국인 관광객들이 해운대와 남포동을 거닐고 있다.

우리는 안다. 부산의 시간이 그리 순탄치만은 않았다는 것을. 그래서 부산의 시간은 더 소중하다. 부산은 항구이기에 만남과 이별이 교차하고 과거와 미래가 뒤섞여 있다.

부산의 길 위에선 옛날도 만날 수 있고 현재도 만날 수 있다. 그리고 우리를 반겨줄 미래의 유토피아도 만날 수 있다. 부산에서 미래를 만날 수 있는 것은 부산이 과거를 버리지 않고 현재를 살아가면서 미래를 준비하는 곳이기 때문일 것이다. 부산은 새로운 미래를 준비하는 에너지를 가지고 있고 이러한 에너지가 부산의 원동력이다. 부산을 여행하고 싶은 것을 보면 말이다.

여행이란 나를 발견하고자 떠나는 행위이다. 다양한 여행길에서 부산을 만나는 것은 어쩌면 행운일 것이다. 굴렁쇠 같은 부산은 쉬지 않고 굴러가고 있다. 이끼가 끼지 않는 돌처럼 말이다.

부산의 미래는 7개의 교량과 함께한다. 어디나 교량은 있지만 부산의 교량은 그 의미가 사뭇 다르다. 교량은 길의 미덕이라 할 수 있는 소통이란 의미를 제대로 담고 있다. 과거와 현재, 일상과 축제, 바다와 육지, 섬과 섬, 도시와 도시를 이어주고 숨 쉬게 하는 새로움과 신선함이 함께한다. 그것이 부산의 미래이며, 원동력이다.

부산의 현재는 쉬지 않고 달리는 기차와 함께한다. 중세와 근대를 이어주고 근대와 현대, 과거에서 현재로 이끌어준 또 다른 원동력이기 때문이다. 과거에서 현재로 힘차게 달려온 기차가 도착한 곳 부산. 기차의 종착지이자 출발지이다. 시동을 걸고 예열을 하는 기차의 엔진 소리가 들리는가? 이것이 바로 미래를 준비하는 부산의 심장소리다.

부산의 과거는 전차와 함께한다. 오늘은 어제의 미래였고, 오늘은 내일의 과거이다. 그래서 과거는 소중하다.

　이 책의 구성은 크게 세 부분으로 나누어보았다. 첫 번째는 '물 위의 길'로 부산의 미래를 여기에 담아내고자 했고, 두 번째는 '길 위의 길'로 과거와 현재, 미래로 연결된 부산의 진솔한 모습을 담았다. 마지막 세 번째는 '지나온 길'로 과거 없는 현재가 있을 수 없기에 이 부분에 담아내었다.

　원칙은 과거, 현재, 미래 순으로 읽는 것이겠지만 독자의 관심사에 따라 세 부분 중 어느 부분을 먼저 읽어도 좋다. 그렇지만 어떤 식으로 읽든지 부산이란 곳은 아픈 과거를 견디어왔고, 피와 땀으로 지금을 만들어내면서 미래의 비전을 가지고 세계로 뻗어나가고자 부단히 노력하고 있음을 잊지 말아야 할 것이다.

차례

PART 02 길 위의 길

PART 03 지나온 길

과거와 현재가 통하면 미래가 보인다.

그리고 육지와 바다가 통해 세계가 보인다.

진실로 통하니 모든 것이 살아 있는 것 같다.

물 위의 길

돌다리를 두드리며 건너던 그 옛날 사람들이 이 광경을 보게 된다면 분명 두 눈을 의심할 거다. 바다를 가로지르는 다리 위로 사람이 걷고 있으니. 토끼 간이 필요했던 용왕이 바다 밑으로 터널을 놓았다는 사실을 안다면 땅을 치겠지. '아, 바닷속에서 육지로 올라가는 다리를 놓았어야 하는 건데……!' 하면서. 사실 땅을 친다고 한들 쉽게 될 일은 아니었을 거다. 지금도 쉬운 일이 아니니 말이다. 세계 최대 수심이란 기록을 기네스북에 올려 주는 것만 봐도 알 수 있다.

과거와 현재가 통하면 미래가 보인다. 그리고 육지와 바다가 통해 세계가 보인다. 진실로 통하니 모든 것이 살아 있는 것 같다.

그래 통하는 부산을 시원스럽게 달려보자.

거제에서 부산, 울산까지 자유롭게 달릴 수 있게 된 것은 7개의 다리와 1개의 터널 덕분이다. 세계 최대 혹은 세계 최초라는 교량들을 만나는 순간 아, 이것이 미래구나 할 거다. 머리로 생각해선 안 된다. 그것은 미래기술의 집약체인 교량에 대한 모독이다. 그냥 느껴보라. 눈으로든 몸으로든. 미래를 볼 수 있다는 것만으로도 기적 아닌가?

평화의 기원 세병교

교각 아래로 굽이져 흐르는 물길은 싱싱하다. 이름 모를 물고기들이 저희끼리 멀리뛰기를 하는 모양인지 하늘을 향해 솟아오른다. 살아 있음을 뽐내는 풀잎이 햇살에 반짝일 때 세병교 아래 드리운 그림자는 휴식이 된다.

세병교(洗兵橋)는 동래구 수안동과 연제구 거제동을 잇는 다리다. 이 다리는 부산교육대학교 앞 한양아파트 인근에 있는 온천천에 놓여 있다. 세병교의 세병(洗兵)이란 병기를 씻어서 거둔다는 뜻으로, 평화가 돌아왔음을 의미한다. 그 이름의 정확한 유래는 동래성 남문의 익성에 있던 세병문 남쪽 다리에서 연유되었다. 임진왜란과 같은 전쟁을 치르고 돌아오던 병사들이 피 묻은 병기를 동래읍성 남문 앞 온천천 물에 씻었고 그곳에 다리를 놓은 후 세병교라 불렀다고 한다.

세병교

온천천 세병교 구간은 예전에는 온통 모래사장이었으며 '황새벌'이라 불릴 만큼 황새가 많았단다. 이곳의 황새 몸짓은 동래학춤의 발원지가 되기도 했다. 지금도 세병교 아래 온천천 물길을 따라 걷다 보면 황새가 날아오를 듯한 풍성함을 즐길 수 있다. 한편, 세병교 근처에서 조선시대 최고의 과학자 장영실이 태어나 동래 관노로 청년 시절을 보내기도 했다. 그리고 과거 세병교 부근이 바다였을 때, 고래가 자기 집 안뜰처럼 노닌다고 하여 안뜰교라고 불리기도 했단다.[1]

온천천은 금정산에서 발원해 수영강으로 흘러들었다가 수영만을 지나 바다에 이른다. 온천천이 만나는 바다는 해운대와 광안리가 맞닿아 있는 곳이다. 건강해진 온천천은 한때 오염천의 대명사로 불리기도 했다. 그러던 것이 지금의 모습으로 바뀌게 된 것은 1995년 '온천천 SOS' 운동으로부터 시작되었다. 그리고 이제는 온천천이 도심 하천 살리기의 표본이 되고 있다.

지금의 온천천은 그저 물이 흐르는 것이 아니라 숨 쉬고 움직이는 공간이다. 계절마다 그 모습을 달리하는 온천천의 봄은 뚝방길 가득 피어나는 들꽃에서 출발한다. 제 빛깔을 이기지 못해 흐드러진 개나리와 분홍 솜사탕을 가지에 가득 매단 벚꽃이 눈처럼 내리는 봄날이면 보송거리는 새싹과 졸졸거리며 흐르는 물줄기 위에 봄햇살이 가득하다. 그런 날이면 어김없이 해바라기 놀이에 여념이 없는 사람들도 만날 수 있다.

물이 흐르는 온천천의 여름은 그냥 진초록이다. 늘어진 버드나무 가지만 초록이 아니라 물고기를 품은 물속도 진초록이다. 제 무게를 이기지 못하고 늘어진 버드나무 가지 밑에 삼삼오오 모여앉아 손바람을 쏘이며 더위를 흘려보내는 가족들의 모습이 한없이 평화로워 보인다.

더위가 녹는 가을의 온천천은 꽃을 피우는 억새가 주인이다. 주인장에게 조심스럽게 손을 내밀면 한들거리며 악수까지 건넨다. 진초록으로 흐르던 물 밑의 고기들도 살찌고 그 곁을 걷는 사람도 살찐다.

계절마다 그 빛을 바꾸는 온천천에 카메라를 비추니 지나가던 아저씨가 묻는다. "뭘 찍습니까?" 얼굴 가득 들어찬 궁금증 위에 미소를 머금고 있는 아저씨에게 답했다. "온천천이요." 그 말 말고는 할 말이 없었다. 눈앞에 펼쳐지는 여유로운 풍경을 카메라에 있는 그대로를 담아낼 수 있다면 감사할 일이다.

길이 뭐 걷기만 하라고 있는 곳이던가. 온천천 길가에는 계절마다 문화도 따라 흐른다. 바이올린과 해금이 어우러지고, 궁둥이를 들어

내고 하늘을 향해 방귀를 뀌는 동그란 얼굴의 소년상이 전시되기도
한다. 오카리나가 연주소리에 밤이 깊으면 어깨를 들썩이게 하는 춤
판도 벌어진다. 그리고 우아한 날갯짓을 떠올리게 하는 동래 학춤과
울퉁불퉁한 팔 근육으로 세상을 휘감아 도는 비보이까지 온천천 위
로 흐르는 문화의 다양함이 지나가는 사람들의 발길을 잡는다.

그렇게 다양한 문화를 가슴에 품고 흐르는 온천천 위로 달려가는
것이 있다. 바로 부산의 도시철도 1호선이다. 온천천 꽃길을 따라
달리던 도시철도 1호선에서 몸을 내린다.

초록이 무성한 온천천

신라시대에 동래 고을에 절름발이 노파가 살고 있었다. 어느 날 집 근처에 있는 논에 학 한 마리가 날아 왔다. 노파가 그 학을 가만히 보니 학도 노파와 마찬가지로 다리를 절룩거렸다. 이에 노파는 자기와 같은 처지에 놓인 학을 불쌍하게 여겨 함께 지냈다. 그렇게 지낸지 사흘째 되던 날 학은 다리가 완쾌되어 힘차게 날아오르더니 이내 멀리 떠나갔다. 노파가 이를 이상하게 여겨서 학이 있던 자리에 가보니 뜨거운 물이 솟아났고 그 물에 다리를 담근 노파는 며칠 뒤에 완쾌되어서 마음대로 움직일 수 있게 되었다고 한다. 이후 사람들이 이곳을 온천이라고 불렀다고 전한다.(온천장에 얽힌 설화)

온천장은 여전히 붐빈다. 평일, 휴일 할 것 없이 사람과 차들로 붐비는 이곳은 여전히 온천을 즐기기 위한 사람들이 많다.

온천장은 신라 때부터 알려진 곳이지만 1883년 개항 당시 일본인에 의해 본격적으로 개발되었다. 일본은 1927년 온천천에 다리를 놓았을 뿐 아니라 온천객의 편의를 위해 전차의 종점을 온천사거리로 옮긴다. 그 이후 온천장은 본격적인 휴양지가 되었다.

전차 종점을 온천장으로 옮기고 나자 주말이면 온천객들로 붐볐고 여관, 요정, 상점들이 들어서면서 번화가가 되기 시작했다. 이러한 발전은 전차를 운영하던 조선와사(주)의 영업 전략도 한몫했다. 조선와사(주)는 직영 온천장을 운영하면서 온천 이용권과 전차 왕복할인권을 패키지로 팔았단다. 어찌 보면 속 보이는 장삿속이지만

당시에는 앞서가는 마케팅 전략을 쓴 셈이니 발 빠른 그들의 전략에
혀를 내두르게 된다.

 지금의 농심호텔 자리에 있던 '봉래관'이라는 숙박업소가 생기면
서 더 많은 사람들이 온천장을 찾게 된다. 당시 온천장에서 가장 맛
있는 먹거리로 양전병(洋煎餠)이라는 것이 있었는데 이 과자가 얼
마나 맛이 있던지 어른 아이 할 것 없이 모두 손에 들고 다니면서 먹
었다고 한다. 맛이란 예나 지금이나 사람을 사로잡는 마력이 있는
것일까? 양전병 하나쯤 맛보고 싶다는 생각이 드니 말이다.

 온천장은 양전병뿐 아니라 수려한 경치로도 사람들을 사로잡았
다. 300여 년 전 조선 숙종 때부터 온천으로 사용되어 널리 알려진
온천장은 일제강점 직후부터 일본인들이 별장을 짓기 시작했다.

온천장 거리

1920년대 초 일본인 부자 박간방태랑은 온천장 부근 경치 좋은 산 자락에 개인 별장을 지어 그 이름을 박간별장이라 지었는데 그것이 바로 지금의 동래별장이다.

이곳은 해방 직후 군정청 사무실로 쓰였고 임시수도 시절에는 부통령 관저로 쓰이기도 했다. 이후 온천 요리점인 동래별장이 되었고 지금은 한정식 집으로서 그 이름을 이어오고 있다. 동래별장은 그 규모도 놀랍지만 보존 상태 또한 놀랍다.

옛 모습을 고스란히 간직한 일본 전통 정원도 놀랍지만 동래별장을 휘감고 있는 고목들의 웅장한 모습에 감사하게 된다. 비록 동래별장을 만든 것은 일본인이었지만 동래별장을 둘러싸고 있는 아름드리 고목의 뿌리는 부산이라는 사실에 자부심을 느낀다. 제 아무리 화려하고 좋은 건물이라 한들 자연과 하나 되지 못한다면 반쪽짜리일 테니 푸르름이 창창한 고목들의 위용에 또 한 번 가슴이 뿌듯하다.

뿌듯한 마음으로 동래별장 옆 국수집을 지나면서 허기를 느꼈지만 꼭 먹어봐야 할 동래파전을 위해 잠시 참기로 하고 노천족탕으로 향했다. 우리나라에서 가장 오래된 온천의 하나인 온천장 족탕은 누구나 오고갈 수 있는 길 위에 있다.

옹기종기 모인 사람들 틈에 앉아 양말을 벗고 세족탕에서 발을 씻는다.

동래파전

동래별장

시내 한복판에서 발을 내놓고 씻는 기분이 묘하다. 사실 내가 맨 발을 보여도 관심 두는 이는 아무도 없다. 모두들 제 발을 씻고 족탕에 발을 담그는 데에 여념이 없을 뿐이다.

족탕 가에 마련된 자리에 앉아 발을 담근다. 따뜻하다. 족욕을 하는 동안 책을 읽는 사람, 함께 온 지인과 이야기를 나누는 사람, 나처럼 길을 걷다 쉬어가는 사람, 모두들 행복해 보인다. 온천과 족욕의 효능이 열두 가지가 넘는다는 설명 문구가 있기는 하지만 뭐 그리 중요하지 않다. 그냥 편안히 발을 담그고 햇살을 즐길 수 있다는 것 자체가 온천장이 내게 주는 선물이니 말이다. 걸으며 생각하고 생각하며 느끼는 동안 쌓였던 피로가 풀리면서 솔솔 잠이 밀려올 때쯤 노천족탕에 새 물이 쏟아져 들어온다. 시간을 두고 주기적으로 물이 들고 나니 깨끗함이야 당연하고 피로를 풀기에 적당한 온도가 계속 유지되어 쾌적하다. 족탕은 20분이 적절하단다. 뭉그러지게 발을 담그고 있었으면 했지만 다음 사람을 위해 발을 들었다.

세월을 비껴가고 싶어 하는 사람에게 시간과 함께하는 법을 가르쳐주는 동래별장의 아름드리 나무와 우리나라에서 가장 오래된 온천에 발을 담그고 보니 사람이 나누거나 누릴 수 있는 것 중 단연 최고는 시간이 아닌가 하는 생각이 들었다. 도시철도 4호선 **수안역** 역사 안에는 **동래역사관**이 자리하고 있다.

동래읍성 임진왜란 역사관은 지난 2011년 11월 28일 문을 열었다. 이곳이 문을 열게 된 사연도 재미있지만, 무엇보다 그 위치가 마음에 든다. 도시철도 4호선 수안역은 광장을 닮았다. 지하철이 다니는 지하 공간 한가운데 동그랗게 광장이 마련되어 있는 것도 신기했지만, 동래읍성 임진왜란 역사관이 지하도시에 착륙한 우주선을 닮은 듯해 그 느낌이 더 새롭다.

뭐랄까, 뫼비우스의 띠 위를 걷다가 조선시대를 만난 것처럼 우주적이라고나 할까? 우주적인 것이 별건가. 내가 디디고 선 이곳과 내가 흘러가고 있는 이 시간이 우주적인 것이지. 하지만 머리로 상상하며 이해하는 우주적 시간과 공간 앞에 나타난 현실적 과거는 새롭고 경이롭다.

동래읍성 임진왜란 역사관은 2005년 부산교통공사의 수안역 건설현장에서 조선 전기 동래읍성의 해자가 발견되어 만들어진 것이다. 무엇보다 흥미로운 것은 이곳 역사관 안에 해자가 재현되어 있다는 점이다. 해자는 성 밖에 땅을 파서 물을 흐르게 한 도랑이다. 이 해자에서는 임진왜란 때 동래읍성 전투에서 희생된 수많은 인골과 함께 다양한 무기류가 출토되었다.

재현된 해자는 유리벽 안에 놓여 있다. 넓이가 3미터 정도 되는 해자 바닥에 나뒹굴고 있는 인골을 보니 그때의 참상이 느껴진다. 기록에 의하면 한 가족 모두가 죽거나 천에 하나 백에 하나만 살아남았다고 하니 이곳 동래읍성 해자는 아픔과 비운으로 가득한 곳인 것 같다.

역사관 앞으로 오가는 사람들은 지하철 4호선 승객이 대부분일 것이다. 그들은 일상에서 만나는 사백여 년 전 흔적을 무심히 지나쳐 간다. 어쩌면 무심히 지나쳐 가는 것이 당연한 모습일 것이다. 되살아난 과거 위에 현재가 있음에 말없이 수긍하는 것이 오늘을 살아가는 우리의 태도일 테니 말이다.

무인으로 움직이는 지하철 4호선의 첨단 시스템이 사백 년 전 슬픈 질곡의 역사 위에 놓였다는 게 우연일까? 도시철도 4호선은 이런 역사적 사실과 만나면서 개통이 많이 지연되었다고 한다. 지하철 개통이 지연될 수밖에 없었던 이유는 수안역 공사현장에서는 기록으로만 전해오던 해자가 발견되고 도시철도의 마지막 기착지인 안평 차량사업소 인근에서는 삼국 및 조선시대 무논이 발견되었기 때문이다. 역사적 유물이 발견되었으니 이를 보존하기 위해 준공을 늦춘 것이다. 참 가치 있는 판단이다.

동래역사관 안에 재현된 해자

그때의 판단이 과거 위에 미래를 올려놓고 평화롭게 달리는 무인 경전철을 만들게 한 것 같아 일정하게 흔들리며 달리는 도시철도 모습이 정겹다. 이 녀석은 바퀴가 고무란다. 그래서 달리는 모양도 가볍고 예쁜가 보다. 과거를 디디고 달리는 녀석의 푸른 몸피가 멀리 사라진다.

경계 위의 길 수영교

푸조나무가 있다. 그것도 오백 살이 넘었다는. 키 18미터에 둘레가 8.5미터나 된다. 가지는 동서로 23미터, 남북으로 19미터나 퍼져 있다. 이 나무는 마을을 지켜주는 당산목이다. 천연기념물로 지정된 괴목이라 그런지 그 모습에 위용이 느껴진다. 느릅나무과에 속한다는 푸조나무는 수영공원에 있다. ‘푸조’라고 읊으면 푸른빛이 입안 가득 들어찰 것 같은 푸조나무 때문인지 수영강은 유난히 푸르다. 그리고 유난히 푸른 수영강이 바다로 흘러 들어가는 길목에 **수영교**가 있다. 존재 자체만으로도 타임머신이 되는 수영교가 푸른 물길 위를 가로 지르고 있다.

『동국여지승람』이니 『동래부지』니 하는 어려운 책 이름을 들먹이지 않더라도, 센텀시티니 마린시티니 하는 영어 지명을 읊조리지 않아도, 수영교는 이미 시·공간의 경계에 놓여 있다. 과거, 바다를 지키던 수군절도사가 있던 군영이었으니 육지와 바다가 만나는 경계인 것이고 신도시로 이름난 해운대의 입구이니 구도시와 신도시의 경계이자 과거와 현재를 잇는 경계인 곳이다.

이처럼 공간과 시간의 경계에 놓인 수영교 모습은 이채롭다. 돌고래와 인어 조형물이 교각에 설치되어 있어 흥미로울 뿐 아니라 그 조형물의 의미도 흥미롭다. 수영교는 축제의 마당이라 할 수 있는 해운대로 들어가는 관문이다. 즉, 축제의 장으로 들어갈 때의 흥분과 즐거움을 고래와 인어로 형상화하고 있는 것이다.

수영교 입구에 보이는 범고래 조형물은 축제의 장으로 진입하는 부분으로 기(起)에 해당한다. 그래서인지 고래의 꼬리가 보이지 않는다. 고래의 이런 모습이 즐거운 것을 구경하고 싶어 사람의 모습을 그대로 표현한 것 같다. 우리도 그렇지 않은가. 마음이 급하면 발보다는 몸이 먼저 앞서니 말이다. 그리고 다리 중간 부분에 범고래 두 마리가 파도를 헤치며 뛰어오르는 형상의 조형물이 있다. 이 조형물은 축제에 대한 기대와 즐거움을 나타내는 승(承)에 해당한다. 새 신을 신고 하늘로 폴짝 뛰어오르듯 솟아 있는 녀석들 등에서 넘치는 힘을 느낄 수 있다. 그리고 마지막으로 만나게 되는 조형물은 하늘을 향해 솟구쳐 있는 범고래 꼬리다. 이것은 꿈과 환상의 축제 속에 풍덩 빠져든 기분을 형상화한 것으로 전(轉)에 해당하는 부분이다. 마지막으로 수영교 하부에서 꼬리치는 인어는 범고래의 방문을 환영하고 있어 결(結)에 해당한다.

교량 설계자가 다리의 교각을 이용해 다이내믹한 공간을 만들 수 있었던 것은 어쩌면 수영이 갖고 있는 의미를 잘 알고 있기 때문일 것이다. 쉬지 않고 흐르는 수영강 위에 놓여 있는 수영교는 신구의 경계일 뿐 아니라 과거와 현재의 경계다. 그리고 수영교가 안고 있는 경계라는 의미에다 일상과 축제의 경계까지를 더한 설계자의 해석에 고개를 주억거리게 된다.

무수한 세월의 한 자락을 끊어내기도 쉽지 않은 일이지만 흐르는 세월에 새로운 시간을 보태는 것도 만만치 않은 일이다. 인간들은 과거와 현재를 하나로 만드는 일이 소중하다는 것은 알지만 모르는 척해왔다. 하지만 우리는 모르는 척 버려두지 않았다. 적어도 우리 부산은 과거의 잘못으로 썩어가던 수영강을 고쳐 새롭게 되살렸다.

수영교

죽은 강을 되살린 것은 지난 시간에 진심으로 사과를 한 것과 다름 없다. 그러니 이제는 좀 홀가분한 마음으로 길을 걸어도 좋을 것 같다. 썩어가던 수영강에 수달이 돌아올지도 모른다지 않는가. 우리의 과오를 진심으로 사과하고 잘못된 수영강을 깨끗하게 돌려놓고 보니 다시 찾아오게 될 수달이 기다려진다. 녀석들이 찾아와 사과해줘서 고맙다고 우리를 위로해줄 것 같다. 그 위로가 우리의 어리석은 과거를 치유해주겠지. 빨리 돌아와라 수달.

수영강에서 수상 레포츠를 즐기는 사람들

수영교를 지나 수영강변으로 내려서니 바람 끝이 시원하다. 손그늘을 이마에 드리우고 강 건너편을 바라본다. 눈부시게 푸른 강과 하늘이 맞닿은 센텀시티가 손에 잡힐 듯 지척이다.

수영강가에 위치한 센텀시티는 옛 수영비행장이 있던 곳에 들어섰다. 이곳은 정보통신, 영상, 오락, 국제 업무 등의 기능을 갖춘 첨단복합산업단지다. 그리고 종합전시장, 쇼핑센터, 문화시설, 공원 등이 잘 갖추어져 있다. 사실 처음엔 '센텀시티'란 생소한 지명에 좀 뜨악했다. 그런데 알고 보니 100%라는 뜻의 '센텀'과 도시라는 뜻의 '시티'가 만나서 만들어진 말이란다. 그러니까 그 의미를 조합해보면 '100% 완벽한 최첨단 미래도시'라는 뜻이 된다. 이 이름은 부산시에서 시민 공모를 통해 찾은 이름이란다. 처음엔 낯설었지만 공모를 통해 이름을 찾았다니 부산 시민들의 관심과 호응이 느껴져 정감이 간다.

센텀시티가 100% 완벽한 최첨단 미래도시가 될 수 있는 이유는 이곳이 수영강을 비롯해 장산과 황령산 그리고 부산 앞바다와 같은 천혜의 자연환경과 어우러져 있기 때문이다. 자연과 어울리는 것이 어떤 것인지 직접 보여주겠다는 듯 제트스키 한 대가 물살을 가르며 지나간다. 이곳이 드래곤 보트대회가 열리는 곳이라는 소문은 익히 들었지만 스치듯 지나가는 제트스키를 보며 드래곤 보트가 물살을 가르며 달리는 모습을 상상하게 된다.

그리고 보니 텔레비전 화면 가득 용머리를 흔들며 쏜살같이 달리던 요트를 본 것도 같다. 2010년 시작된 코리아오픈 드래곤 보트대

회는 해마다 가을에 펼쳐진다니 한 번쯤 구경하는 것도 나쁘지 않을
것 같다.

중국에서 시작되었다는 이 보트대회는 12명이나 22명이 호흡을
맞추어야 한단다. 생각만 해도 쉽지 않을 것 같다. 호흡을 맞춘다는
것은 누군가를 위해 나를 내려놓거나 누군가를 위해 뒤에 서 있을
줄 알아야 한다는 말이지 않나. 가을 하늘 아래 스스로를 내려놓으
며 호흡을 맞추고 경쟁할 드래곤 보트대회 참가자들을 응원하기 위
해 APEC 나루공원 요트계류장에 꼭 나가봐야겠다.

수영강을 건널 수 있는 또 다른 길 좌수영교의 동그란 아치가
수영강 물길 위에 그림자를 드리우고 서 있다. 망미동과 센텀시티를
이어주는 좌수영교의 조형물은 태양이다. 조형물 둘레에 아치를 이
루며 조명이 설치되어 있다. 밤낮을 가리지 않고 빛나는 태양이 되
길 바라는 마음에서였을 것이다. 우리의 밤은 누군가의 낮이 되니
태양은 쉬지 않고 빛나고 있는 셈이다. 다리를 감싸고 있는 둥근 조
형물은 센텀시티 쪽에 치우쳐 있다.

그러니까 태양은 센텀시티라는 이상향의 세계로 들어갈 수 있는
문이다. 태양을 통과하면 또 다른 세계로 갈 수 있는 건 좌수영교가
공간이동 타임리프트라는 의미다. 새로운 세계를 열어주는 태양을
건너면서 돌아보니 지금까지 내가 있었던 저곳도 그리 나쁘지 않았
구나 싶다. 아니 그리 나쁘지 않았던 것이 아니라 내가 있었던 곳이
존재했기에 내가 있을 곳이 존재하는구나 싶어 강 건너 저쪽이 살짝

센텀시티

좌수영교

그립다.

앞으로 이곳에 생태공원이 조성된단다. 좌수영교 전망대에서 내려다보니 벌써 생태공원 모양이 갖추어져 있다. 백일홍이 만개한 화단과 아기자기하게 꾸며진 잔디의 푸른색이 조화를 이루고 있다. 앞으로 생태 숲과 양서류서식지, 생태습지, 관찰원, 초화원 등이 어우러진 친환경 자연생태 공간으로 조성할 계획이란다.

이번 생태공원 조성 사업은 지금까지 이용되지 않고 버려졌던 도로를 되살려 시민의 품으로 돌려보내는 데도 의의가 있다. 그동안 이곳은 대형화물자동차 주차장 등으로 사용되면서 범죄발생 우려 지역으로 꼽히던 곳이다. 그런 좌수영교 일원이 시민 휴식공간과 자연학습 공간으로 거듭나게 된다. 그리고 생태공원은 다시 수영강변 자전거도로와 산책로와도 연결할 계획이다.

좌수영교 생태공원 조성사업이 완공되면 수영강변의 청호반새, 가마우치 등 생태 동물과 식물의 모습도 즐기며 운동과 산책을 할 수 있게 돼 시민들의 휴식공간뿐만 아니라 어린이와 학생들의 자연 학습공간으로도 이용될 것이라고 한다. 좌수영교는 자연과 쉽게 만나도록 길을 열어두며 자연이라는 세상과 인간 세상을 이어주는 문이 되고 있다.

이 세상에 버려지는 것은 없는 것 같다. 잠시 잊고 지낼 뿐이지. 그래서인지 좌수영교 일원에 만들어지고 있는 생태공원이 반갑다. 잠시 잊고 있었던 곳을 새롭게 단장하게 되어 다행이라 생각하면서 **영화의전당**(두레라움)으로 걸음을 옮긴다.

넓은 좌석과 높은 천정 사이에 사람들이 앉아 오후를 즐긴다. 외따로 떨어져 책을 읽는 사람, 아이의 낮잠을 다독이는 엄마와 그 곁에서 아이 엄마에게 손바람을 불어주는 아빠까지 영화의전당의 오후는 평화롭다. 영사막 앞을 거닐며 영화 팸플릿을 뒤적이던 여자가 빠르게 걸음을 옮긴다. 무슨 영화를 볼 것인지 고민하는 모양이다. 시네마테크로 들어서는 여자의 뒷모습이 막 지는 햇살을 받아 붉게 물든다.

나 역시 야외극장 좌석에 앉아본다. 지붕의 높이를 가늠해보느라 고개를 드니 머리가 등받이에 닿는다. 반쯤 누운 자세로 바라본 스몰루프는 결코 작지 않다. 물론 세계에서 가장 긴 지붕으로 기네스 북에 올랐다는 빅루프에 비하면 별것 아니지만 스몰루프와 내가 앉은 좌석의 거리는 꽤나 멀다.

그 꽤나 먼 지붕과 좌석 사이를 자유롭게 넘나드는 바람이 있다. 시원하다. 여름 오후를 보내기에 안성맞춤인 야외공연장에 마련된 좌석을 세어보는 것도 나름의 즐거움이다. 눈대중으로 세어본 좌석 수가 무려 이천여 개가 넘었다. 야외극장 관람석 숫자는 공식적으로 사천 석이란다. 무엇 때문에 숫자의 차이가 생기는지 모르겠지만 아무튼 어림잡기도 어려운 숫자임에는 분명하다.

여유롭게 지붕을 감상하는 내 눈에 나선형 오르막길이 보인다. 빅루프의 유일한 기둥인 더블콘 외부에 나선형 오르막길이 설치되어 있는 게 재미있어 직접 걸어본다. 둥글게 말아 올린 길을 따라가 보니 빅루프가 코앞까지 내려온다. 웅장한 녀석의 살결이 느껴지는 그곳에서 수영강을 내려다보다 커피 한 잔이 생각나 카페로 들어갔다.

삼삼오오 모여 있는 한 무리의 청소년들은 십대로 보인다. 연인으로 보이는 두 남녀가 이마를 맞대고 영화 안내판을 살핀다. 부부로 보이는 백발의 두 노인이 주문한 아이스 아메리카노를 들고 카페를 나서며 시계를 본다. 영화 상영 시간이 다 된 모양이다.

'함께 모여 영화를 즐기는 자리'라는 뜻의 두레라움은 2011년 9월 29일 세상에 알려졌다. 부지 면적 32,137제곱미터, 연면적 54,335제곱미터의 공간에 지하 1층, 지상 4~9층 건물 3개로 이루어져 있다. 시네마운틴, 비프힐, 더블콘은 각각 구름다리로 연결되어 관객들이 편리하게 이동할 수 있다.

야외 영화의전당 광장을 덮는 지붕인 빅루프는 한쪽만 기둥이 받치고 있고 다른 곳은 허공에 뜬 형태의 캔틸레버(cantilever, 외팔보)형으로 지어졌다. 스몰루프와 빅루프를 합치면 축구장의 약 2.5배에 달하는 면적이 된단다.

두레라움이라는 별칭을 가진 영화의전당은 영화와 공연을 주제로 한 영상복합문화공간이다. 그곳에서 예술영화, 가족영화, 대중영화 등 다양한 장르의 영화와 품격 있고 수준 높은 공연을 감상할 수 있다. 영화의전당은 앞으로 대한민국의 자랑스러운 관광명소이자 문화적 쉼터로 자리매김해 나갈 것으로 보인다.

영화의전당 야외극장

하지만 영화의전당은 그 크기나 품격 높은 문화를 제공하는 공간이라는 의미보다 사람을 위축시키지 않고 사람에게 즐거움을 주며 사람 사이를 편안하게 이어준다는 게 더 큰 매력인 것 같다. 누가 언제 무엇을 하든 영화의전당의 넓고 큰 지붕 아래서는 자유롭다. 사실 영화의전당은 그 웅장한 모습 뒤에 감추고 있는 소박한 일상 때문에 더욱 빛나는 것 같다.

영화의전당의 웅장함과 그 속에 감춰진 소박한 일상을 뒤로하고 다시 길 위에 섰다. 센텀시티를 관통하는 가지런하고 넓은 길이 시원했다. 왕복 8차로를 내달리는 자동차들의 시원한 질주를 따라 도착한 곳은 **수영만 요트경기장**이다.

이국적이라는 말의 의미를 실감하고 싶다면 꼭 가봐야 할 곳이 수영만 요트경기장이다. 마린시티를 병풍처럼 드리우고 떠 있는 요트를 바라보니 위대한 호위무사를 거느리고 안락하게 쉬고 있는 왕가의 가족이 떠오른다.

하늘과 바다를 나누는 것은 물 위에 떠 있는 요트뿐이다. 코발트색 하늘과 바다를 수직으로 연결하는 마린시티의 마천루는 마치 세일러문의 마술봉처럼 화려하게 빛나고 있다. 고층 건물이 마린시티의 스카이라인을 만들고 그 아래 드넓게 펼쳐진 요트경기장의 여유로움은 부산이 아니고는 어디서도 만날 수 없을 것이다.

마린시티를 본 사람들은 한국의 홍콩이라 말하지만 글쎄, 내가 보기에는 그냥 '부산 마린시티' 이다. 부산의 마린시티를 대신할 수 있는 것은 어떤 것도 존재할 수 없기 때문이다. 왜냐하면 사람과 바다, 그리고 도시가 어우러져 여유로운 휴식 공간을 만들어내는 곳은 그리 흔하지 않기 때문이다.

아이들이 자유롭게 인라인스케이트를 타고 요트경기장 내에 마련된 강습소에서 요트강습을 받는다. 그리고 보니 넓은 주차장 곳곳을 뛰어다니는 아이들이 검정 잠수복을 입고 있다. 여름이 가기 전에 요트를 배울 모양이다. 아이들을 따라가 보니 벌써 여럿이서 자세를 잡고 있다. 시원스럽게 바다에 뛰어드는 선생님과 검게 그을린 아이들의 얼굴이 햇볕을 받아 조화롭게 반짝인다.

어딘지 모르게 친근하면서도 낯선 수영만 요트경기장은 요트경기대회뿐만 아니라 국제영화제, 바다축제 등 연중 각종 행사가 개최되는 부산의 명물이자 국제적인 관광명소로 1,360척의 요트를 계류할 수 있는 세계적인 요트경기장이다.

1983년에 건설되어 1986년 아시아경기대회와 1988년 제24회 서

울올림픽 때 요트경기를 개최한 곳이며, 88올림픽 기념탑과 성화대 등 조형물도 설치되어 있다. 요트를 타기에 적합한 자연 여건을 갖추고 있어 매년 각종 국내외 요트경기대회가 개최되는 등 해양스포츠의 메카로서 요트인들이 가장 즐겨 찾는 곳이기도 하다.

이곳에는 선수훈련과 요트학교를 비롯하여 윈드서핑학교, 잠수학교 등 각종 해양레저 강습소와 부산수상항공협회, 스킨다이빙협회, 우주소년단 등 전문 단체들도 있다. 특히 1996년에 제1회 부산국제영화제 개막식도 수영만 요트경기장에서 진행되었다. 아직도 그때의 기억이 생생하다. 부산시민들이 함께 힘을 모아 이루어낸 위대한 행사였고 결국 부산을 영화의 도시로 만들어주지 않았나.

마린시티의 마천루를 배경으로 평화롭고 아름답게 자리한 수영만 요트경기장은 부산 사람들이 자부심을 느끼기에 충분하다. 사실 타지에서 부산을 찾아온 손님들의 부러운 시선을 느낄 때면 어쩔 수 없이 어깨가 으쓱해진다. 뭐 어떤가. 그럴 만한 곳이니 좀 우쭐해져도 되지 싶다. 마린시티의 스카이라인과 하얀 요트의 조화를 카메라에 담고 돌아섰다.

바다 건너에서 해운대 누리마루 APEC 하우스의 지붕이 반짝이고 있었다. 마린시티의 스카이라인을 넘어 해운대 동백섬 위에 앉아 있는 녀석의 아담함에 이끌려 울창한 소나무 숲으로 걸어들어 갔다. 숲길을 걷는 동안 태고부터 시작되었을 풀내음이 쉬지 않고 뿜어져 나왔다. 일찍이 해운 최치원 선생이 이곳 동백섬에 대를

수영만 요트경기장과 마린시티

쌓고 풍광을 칭찬했던 기록과 흔적이 아직도 남아 있으니 태곳적 내음이라 평가하는 것이 그리 무리는 아니지 싶다.

신기하다. 울창하고 풍성한 숲이지만 나뭇잎 사이사이로 들어오는 햇살이 보드랍다. 시간이 머물러도 이렇게 부드럽게 머물러 있으니 사람이 들고 나며 휴식을 취하기도 안성맞춤인 곳이구나 싶어 주변을 살피게 된다. 나지막한 언덕을 오를 수 있도록 편안하게 놓여 있는 계단을 따라 잘 정돈된 비탈길을 오르니 숲길이 보인다.

구불구불한 숲길 끝에 나타난 누리마루는 2005년 APEC 당시 세계 정상들이 회의를 했던 공간이다. 세계 정상들이 모여 의견을 나눈 것도 모두가 행복하게 살아가는 방법을 찾기 위한 것이 아니었겠나 싶다.

정상회담을 앞두고 준공된 이 회의장은 우리 전통 정자의 개념을

누리마루 APEC 하우스

현대적 건축양식에 담아낸 것이 특징이다. 동백섬 바닷가 부지 19,772제곱미터에 지상 3층, 총면적 2,995제곱미터 규모로 지어졌다. 누리마루는 부식과 충격에 강한 티타늄 코팅 아연강판 소재로 지붕을 둥굴게 만들었고, 전망을 고려해 외벽 전체는 유리로 시공하였다. 그리고 부산의 역동성을 상징하는 12개의 기둥이 이 모든 것을 지탱하고 있다.

'동백섬의 능선을 닮은 또 하나의 은빛 섬'을 주제로 설계된 이 건물은 전체적으로 한국적인 건축미를 풍긴다. 그리고 무엇보다도 풍광이 뛰어난 동백섬과 자연스럽게 조화를 이룬다. 자연훼손을 최소화하기 위해 부경대학교 수산연구시설 철거 부지를 최대한 활용하고 가로등은 태양열을 이용해 불을 밝히도록 했다. 이곳은 어울림이 무엇인지 보여주는 곳이라 해도 손색이 없을 듯하다. 자연과 인공의 자연스러운 어울림 때문인지 그리 강렬하게 눈에 띄지 않는다. 그것도 누리마루가 가지는 소박한 미덕이다. 누리마루의 또 다른 특징은 연회장 옆에 우리나라 고유의 대청마루 형식 테라스를 설치해 각국 정상들이 광안대교와 해운대 앞바다를 한눈에 조망할 수 있도록 했다는 것이다.

세계 21개국 정상에게 감동과 추억을 안겨준 해운대 누리마루 APEC 하우스는 이제 만인의 휴식공간이 되었다. 2005년의 기억을 추억할 수 있어 좋은 것도 있겠으나 무엇보다 자연과 어우러지도록 한 어울림의 미덕이 누리마루가 가진 힘이 아닐까 싶다.

뿌듯한 가슴을 활짝 펴고 동백섬 걸어 해변으로 나왔다. 부산을 부산답게 한 또 하나의 자연은 어찌 되었든 바다다. 그중에서도 해운대는 부산의 바다를 대표한다. 1.8킬로미터에 달하는 백사장만으로도 해운대가 우리나라 최고의 해수욕장이다.

백사장을 중심으로 형성된 해변의 풍광은 해외 여느 휴양지 부럽지 않다. 꽤나 오랜 시간 동안 해운대를 지키고 서 있는 조선비치호텔의 고풍스러운 맛도 맛이지만 동양 최대라는 부산아쿠아리움은 또 어떤가. 해운대는 그냥 바닷물에 몸을 담그고 바다를 만끽하는 곳이 아니라 휴양과 해양관광을 동시에 즐길 수 있는 곳으로 거듭나고 있다.

모래축제

각종 문화행사는 해운대를 배경으로 펼쳐진다. 부산국제영화제 기간 영화제를 상징하며 해운대 백사장을 장식하는 빨간 컨테이너 박스는 이제 명물이 되었다. 바다축제 기간 동안 백사장에 수놓인 모래 조각은 눈으로 감상하기 전에 작품을 만든 조각가에게 경의를 표해야 한다. 뜨거운 햇볕 아래 몇 시간 동안 공들여 작품을 만드는 조각가의 노고가 있었기에 한가롭게 예술을 즐길 수 있는 것이니.

무엇보다 해운대는 바다로서의 면모가 우선일 것이다. 해운대는 남해안 해수욕장 중에서 해수욕 기간이 가장 긴 해수욕장이기도 하다. 사시사철 출렁이는 파도와 함께할 수 있으니 더욱 좋다. 그리고 이곳은 수심이 낮고 수온이 따뜻해 해수욕장으로서 갖추어야 할 최고의 조건을 갖추고 있다고 해도 과언이 아니다.

해운대라는 이름의 유래는 워낙 유명하니 해운 최치원을 언급하지 않아도 좋을 것이다. 그가 새긴 해운대라는 글씨는 여전히 그곳을 잘 지키고 있다.

해운대해수욕장은 1920년대까지만 해도 소나무 숲이 우거진 하구의 갯가에 불과했다. 그러나 1950년대 이후 해수욕장과 휴양지로 개발되기 시작해 이제는 세계적인 명품 해수욕장으로 거듭났다. 해수욕장 양쪽에는 소가 누운 형상의 와우산과 동백섬이 돌출해 있어 해안이 절경을 이룬다. 그리고 해운대는 부산 8경에 속하며 이 일대의 경치 또한 수려해 해운대에서 바라본 양운폭포, 달맞이고개에서 바라본 일출 등은 해운대 8경으로 불리기도 한다. 해운대의 또 다른 이력은 20세기 초에 온천으로 개발되어 폐결핵 등 중증 환자들의 요양소로 사용되기도 했다는 것이다. 그것은 해운대 일대에 유명했던 온천 때문이었을 것이다. 해운대는 휴화산인 장산 아래 위치해 있으니 온천이 난다 해도 이상할 것은 없다. 이제는 몇 남지 않은 대중목욕탕이 해운대 온천의 맥을 이어가고 있지만 한때는 동래 온천과 더불어 꽤나 유명세를 타던 곳이었다.

지금도 해운대는 여름을 즐기러 온 사람들을 안아주고 겨울에는 낭만을 즐기러 온 사람들에게 자리를 내어준다. 물론 미래에도 그 모습 그대로 자리를 내어줄 것이다. 그래서 부산의 해운대로 영원할

것이다.

'와우산'이 궁금했다. 바닷가에 누운 소는 어떤 모양일까 싶어서 말이다. 그런데 알고 보니 해운대 미포에서 청사포를 지나 송정으로 넘어가는 달맞이고개가 속해 있는 산을 '와우산'이라 한단다. 무수히 넘나들었던 고개가 '와우산'에 속해 있었다니 무엇이든 알고 나면 그 의미가 새로워지나 보다. 익숙했던 **달맞이고개**의 능선이 새롭다.

그래서 다시 살펴보게 된다. 달맞이고개는 문탠로드와 해월정이 위치하고 있다. 한낮이면 해월정에서 넓게 펼쳐진 해운대 백사장과 부산 앞바다를 볼 수 있다. 그리고 적당히 경사진 길을 오르다 잠시 몸을 돌리면 수평선이 둥글다는 만고의 진리도 눈으로 확인할 수 있다.

문탠로드에서 해월정까지 이어지는 길가에는 카페가 즐비하다. 그곳에서는 원하는 시간에 원하는 음료수를 마실 수 있다. 밤늦도록 불을 밝힌 카페에서 심야 커피를 마셔보는 것도 색다른 경험이다. 한밤 해월정에 올라보면 유난히 연인이 많다는 것을 알게 된다. 어쩌면 그들은 새삼스럽게 소원을 빌고 있겠지. 사랑이 이루어지게 해 달라고.

최해군 선생님이 기록한 바에 의하면 청사포 아가씨와 해운대 도련님의 사랑이 달맞이고개에서 이루어졌다고 한다. 봄날 나물을 캐던 처녀가 주인 잃은 송아지의 주인을 찾아주면서 도련님을 만나 사랑을 하게 되고 그 사랑이 이루어졌단다. 공부하던 도련님이 과거에 급제하고 다음해 정월 대보름날 달맞이고개에서 처녀를 다시 만나 사랑을 이루게 되는 것이다. 물론 두 연인도 대보름에 떠오르는 달을 보며 소원을 비는 것도 잊지 않았을 것이다.

그래서 소원을 빌게 된 것일 게다. 미래를 모르니 말이다. 우리는 과거에도 그랬고 지금도 그렇다. 모르는 미래의 복을 기원하며 현재를 간절히 소망한다. 소망을 기원하는 것은 21세기라고 별수 있으랴. 미래를 모르는 것은 매일반이니.

달맞이고개를 넘으며 바라본 해월정의 누각에 손을 맞잡은 연인이 나란히 달빛놀이를 하고 있다. 모르긴 해도 마음속으로 빌고 있겠지. 사랑을 이루게 해달라고. 해월정 앞을 지나 청사포가 내려다보이는 언덕까지 걸으면서도 연인의 풋풋함에 마음이 끌린다.

소원과 전설은 나란히 놓이게 마련인가 보다. 달맞이고개의 아름다운 사랑 이야기와 반대로 청사포에는 이루어지지 못한 슬픈 사랑 이야기가 전해 내려온다. 호젓한 청사포의 아름다운 풍광과 어울리는 슬픈 전설에 잠시 걸음이 멈춘다.

먼 옛날 청사포 바닷가에 금실 좋은 젊은 부부가 살았다. 착하고 어여쁜 아내는 언제나 바위에 올라앉아 고기잡이 나간 남편을 기다렸다. 그러던 어느 날 아내는 바위에 앉아 고기잡이 나간 남편을 기다렸지만 남편은 돌아오지 않고 결국 아내는 바위 위에 앉아 죽음을 맞이하게 된다. 이후 아내가 죽었던 그 자리에 소나무가 돋아났다.

달맞이고개

그 후 사람들은 소나무를 '망부송' 이라 부르고 아내가 앉았던 바위를 '망부암' 이라 부르게 되었다.

이 이야기는 3년마다 한 번씩 열리는 대동굿 풍어제 때 만신이 읊는 슬픈 전설이다. 수령이 삼백 년이나 되는 망부송은 지금도 마을의 안녕을 지켜준단다.

모든 것이 최첨단으로 흐르는 이때, 시작도 알 수 없는 이야기에 귀를 기울이게 된다. 귀를 쫑긋 세우게 되는 것은 언제나 옛날이야기가 재미있기 때문일까. 그럴지도 모른다. 하지만 세상에 존재하는 모든 이야기를 재미로만 알기에는 그 숨은 의미가 새롭다.

누구나 영원한 사랑을 꿈꾸지만 그 꿈을 이루기란 실로 어려운 모양이다. 언제인지도 모르는 먼 옛날의 사랑 이야기가 지금도 사람들의 귀를 사로잡으니 말이다. 그리고 사랑이란 영원한 화두라는 사실을 확인하게 된다. 아니, 어쩌면 영원한 사랑은 그만큼 귀하다는 뜻일 거다. 나는 지금 무엇을 향해, 누구를 향해 사랑을 보내고 있는지, 나의 사랑은 변함없이 영원할 수 있는지 다시 한 번 돌아보게 된다.

골똘히 생각하지 않아도 사랑이란 단어가 흔들어준 마음을 다독이기는 참 힘들다. 이야기 속 여자는 죽어서도 사랑을 기다렸다니 대단하다. 이제는 그런 사랑이 없을 것 같아 좀 쓸쓸해진다. 그래도 우리는 우리 방식대로 사랑하고 살아가 보자. 지금 우리가 사랑하는 방식도 먼 훗날에 어떤 전설이 되어 누군가의 마음을 흔들어주겠지.

'망부송' 와 '망부암' 을 뒤로하고 오던 길을 되짚어 간다. 길은 통

하고 있으므로. 멀리 웅장한 교각 쪽으로 몸을 돌린다. 작고 보잘것
없는 인간의 몸피를 한 자락 바람이 훑고 지나간다. 교각 사이의 판
위를 달리는 자동차도 어찌 보면 장난감 같다.

청사포

빛의 세계 광안대교

컨테이너 박스가 휴지조각처럼 날아가고 마린시티의 높은 빌딩이 성냥갑처럼 넘어가는 와중에도 우리의 인물은 **광안대교** 상판을 종횡무진 달린다. 그리고 급기야 목숨이 일각에 달한 순간 다리 위에서 난간을 붙잡고 지옥을 경험한다. 반쯤은 넋이 나간 배우의 얼굴 위로 카메라가 상승하면서 화면이 끝난다.

문득 떠오르는 장면이 있지 않나. 영화 〈해운대〉의 한 장면이다. 영화를 본 사람이라면 누구나 그 장면을 떠올릴 수 있을 것이다. 스릴 넘치는 영화 속 그 장면이 아직도 기억에 남아 있는 이유는 부산을 상징하는 광안대교가 그 배경이기 때문이다.

뭐, 부산을 배경으로 한 영화 중 천만을 넘긴 영화가 유난히 많다는 것은 다들 알 터이니 굳이 언급하지 않기로 한다. 다만 영화 해운대의 그 장면은 화면의 배경이 광안대교라는 공간에 있다는 데 의미를 두고자 한다.

광안대교는 도심 교통 분산과 배후도로 기능을 활성화하기 위해 만들어졌다. 처음 광안대교를 건설한 것은 교통의 편리함을 도모하기 위해서다.

광안대교는 부산시 수영구 남천동과 해운대구 우동의 센텀시티를 연결하는 해상 다리다. 수영로와 중앙로 등 도심 간선도로의 교통난을 완화하고, 해상 관광 시설의 역할을 제고할 목적으로 1994년 8월에 착공해 2003년 1월 6일 완전 개통했다.

총길이는 7,420미터로 몇 년 전까지만 하더라도 국내에서 가장 긴 교량이었다. 광안대교는 서해대교보다 110미터나 더 길단다. 뿐만 아니라 시간대별, 요일별, 계절별로 구분해 10만 가지 이상의 다양한 색상을 낼 수 있는 경관 조명시설도 갖추었다. 그래서 광안대교의 애칭은 다이아몬드 브리지(Diamond Bridge)다. 국내 최초의 2층 해상 교량으로 현수교 부분 역시 국내 최대 규모다.

하지만 광안대교가 지금의 명성을 얻기까지는 많은 우여곡절이 있었다고 한다. 처음 광안대교를 기획한 사람은 당시 광안대교 건설 사업소장인 조창국 씨였다. 그는 "광안대교 놓자 했다가 맞아 죽을 뻔했다"고 회상한다.

그는 설계와 초창기 공사를 진두지휘하며 광안대교를 국내 최고의 다리로 만들어낸 주역으로 손꼽힌다. 지금이야 광안대교는 부산의 랜드 마크로 손색이 없지만 당시로서는 원시인이 무모하게 최첨단 공법에 도전한 것과 같았다고 말한다.

광안대교

그래서 반대여론의 논리도 다양했단다. 왜 땅을 두고 바다로 가려느냐. 바다 위에 다리를 놓으면 예산이 얼마나 많이 드는데, 재원조달 방법이 있느냐. 무엇 때문에 현수교를 놓으려 하느냐. 툭 트인 바다 조망을 망치지 않느냐. 그냥 돈이 적게 드는 콘크리트 다리를 놓으면 되지 않느냐. 강교(쇠다리)로 하면 1년도 안 돼 녹이 슬 텐데 수명이 과연 얼마나 되겠느냐. 한 번도 안 해본 것인데 기술은 있느냐. 그야말로 야단법석이었단다. 이러저러한 우여곡절 끝에 광안대교는 건설되었고 지금은 부산의 교통여건 완화라는 중책을 수행하고 있다.

그렇게 분명한 목적으로 건설된 광안대교는 이제 그 목적을 넘어선 역할을 수행하고 있다. 10월이면 광안대교 주변을 화려하게 수놓는 불꽃축제가 벌어지고, 새해가 되면 해돋이 장소로 그 넓은 품을 다 내준다. 또 일 년에 한 번 바다 위 명품 다리를 걸어서 건널 수도 있다. 가을이면 그 깊이를 알 수 없는 바다를 바라보며 광안대교 위를 달릴 수 있는 마라톤 대회가 열리고 자전거 대회도 열리다 보니 광안대교는 멀리 바다 위에 있는 것이 아니라 사람들 눈높이에 있는 것이다. 머지않아 광안대교 교각에서 번지점프를 하게 될 날을 기대해본다. 빨리 바다를 향해 뛰어내릴 용기를 길러야겠다.

광안대교는 단순한 '다리'가 아닌 이상이며 부산의 상징이다. 관과 시민이 함께 고민해서 만들어낸 소통의 결정체다. 그리고 부산 해상순환도로의 백미요, 대한민국 건설사에 길이 남을 부산의 자존

심이기도 하다.[2]

광안대교가 광안대교인 것은 광안리에 위치해 있기 때문이다. 참 단순한 논리지만 세상은 단순한 것들의 집합이니 단순함이 진리다. 부산을 세상에 알리는 데 일조하고 있는 광안대교를 정면에서 바라볼 수 있는 곳은 광안리다.

광안리 백사장에서 광안대교를 바라보고 있노라면 잔잔한 물결과 조화를 이루고 있는 현수교 모습에 시간 가는 줄 모른다. 광안리 바닷가가 돋보이게 된 것은 멀리 보이는 광안대교 때문이기도 하겠지만 광안리 본연의 모습이 더 중요한 요인일 것이다.

광안리 해수욕장은 부드러운 모래로 유명하다. 또 해저 경사도는 15도이고 평균 수심은 1.5미터 평균 수온은 섭씨 21도에 머물러 굴곡 없고 안정적인 해변에 속한다. 황령산에서 시작한 물길 남천을 따라 밀려 내려온 모래가 광안리라는 해수욕장을 만들었다고 한다. 사실 광안리는 해운대와 달리 서민적인 느낌이다. 광안리 백사장의 소박한 규모와 찾는 연령대의 다양함에서 그런 느낌을 얻을 수 있다.

이렇게 광안리를 서민적이라 느끼는 이유는 아마도 광안리의 편안한 분위기 때문일 것이다. 지금은 청소년 문화의 메카로서 그 역할을 톡톡히 하고 있다. 댄스 경연대회와 같은 복합문화행사도 자주 열리다 보니 우리 젊은 친구들이 더 많이 모여든다.

그래서 광안리는 젊다. 각종 축제와 전시는 물론 전국 E-스포츠 대회를 개최하기도 한다. 무대 위에서 현란한 솜씨를 자랑하는 선수들 못지않게 진지한 표정으로 화면 속 캐릭터를 따라가는 젊은이들의 눈빛에서 에너지가 느껴진다.

해변에 전시된 다양한 예술품도 보기 좋지만 자유롭게 문화를 향유하고 연출하는 분위기도 광안리만의 특성이 되고 있다. 굳이 백남준 선생의 비디오 아트를 언급하지 않더라도 다양한 바다 예술품이 전시된 해변은 이대로도 최고의 문화 해변임을 말해준다. 생명과 바다 그리고 하늘과 문화가 공존하는 해변을 걷다 보면 광안리만의 신선한 자유를 만나게 된다.

남천동 일원에 마련되어 있는 소극장은 또 어떤가. 광안리는 작은 극단들이 예술을 창출하고 공유하는 곳으로 변해가고 있다. 또 최근에는 문화의 거리로 탈바꿈하기 위해 주말 차 없는 거리를 만들어 자유롭게 해변을 걷기에도 좋다.

광안리 해변과 불꽃놀이

파도치는 해변을 따라 걷다 보면 불꽃놀이에 여념이 없는 연인들도 만나고 파도를 따라다니며 물장난하는 아이들도 만나게 된다. 무엇보다 애완견과 나란히 조깅을 즐기는 사람들의 여유가 보기 좋다. 주인과 함께 열심히 뛰고 있는 녀석들을 따라 가다 내가 가야 할 목적지를 찾아 다시 길을 나섰다.

민락회센터를 끼고 돌아가면 **민락수변공원**이 보인다. 광안대교 교각 마지막 부분에 새롭게 만들어진 민락수변공원은 작지만 안락한 풍광을 자랑하는 곳이다. 계단식 스탠드에 자리를 잡고 앉으면 일단 입이 벌어진다. 정면에서 빛을 발하는 광안대교와 오른쪽에서 쏟아져 들어오는 등대의 불빛, 무엇보다도 밤을 낮처럼 밝혀주는 마린시티의 화려한 스카이라인이 한눈에 들어오기 때문이다. 좌청룡 우백호라는 말이 실감 나는 풍광이다. 아니 거기다 정면에 보이는 바다의 절경을 포함해야 하니 그 아름다움은 직접 목격하는 것이 좋을 것 같다.

수변공원의 매력은 여름밤에 있다. 왜냐하면 주변 경관이 화려한 조명으로 빛나기 때문이기도 하지만 비스듬히 경사를 이루며 정리되어 있는 인공 바닥 위로 찰랑이는 바닷물 때문이기도 하다. 여름밤 더위를 식히며 앉아 있기에 제격이다.

민락수변공원

시민 곁에서 여름밤의 낭만을 선사하고 있는 민락수변공원은 1992년 8월 공사가 시작돼 1997년 5월에 완공되었다. 길이 543미터, 너비 60미터의 공원은 바다와 접해 있는 휴식공간이라 일품이다. 바닥에 깔린 컬러 블록은 밀물일 때 물놀이하기에도 안성맞춤이며, 모래와는 또 다른 느낌을 주기도 한다. 바다를 바라보면서 각종 행사도 관람할 수 있도록 마련된 스탠드는 문화와 바다를 동시에 만끽하기에 참으로 적절한 장소다.

또 하나 민락수변공원에는 빼어난 조망과 함께 재미있는 기념물이 있다. 그것은 태풍 매미에 밀려와 수변공원에 자리를 잡고 앉은 바위다. 커다란 바위 앞에 서 있는 안내판을 보면 '2003년 태풍 매미에 밀려온 바위' 라는 글귀가 쓰여 있다. 당시 태풍의 강도가 어느 정도였는지 한눈에 알 수 있을 정도로 커다란 바위를 보면서 사람들은 놀라워한다.

자연의 힘이란 인간의 능력으로 어찌할 수 없는 것인가. 다리를 놓고 공원을 만들고 사람들이 몰려와 마천루의 스카이라인을 감상하지만 하루 저녁 휘몰아친 바람에 떠밀려 온 바위는 자연의 위대함을 느끼게 한다.

아련한 수평선을 향해 손을 뻗을 수 있는 곳이 있다. 흰 구름이 머물다 간 포구 등성이를 따라 오르다 보면 눈앞에 펼쳐진다. 바람이 불거나 비가 내리면 더욱더 솟아나는 운치도 있다. 누군가가 무엇이 되고 싶어 찾아도 좋고 누군가가 무엇을 내려놓고 싶어 찾아도 좋다. 아니 그냥 찾아도 좋다. 하루쯤은 무아지경(無我之境)이고 싶어서 찾아도 좋다. 뭐, 꼭 무엇인가를 느끼려 하지 않아도 좋다. 좋다는 말 하나만 느끼고 싶어 찾아도 좋다.

이기대는 멈추지 않고 움직인다. 바다와 이마를 맞댄 하늘의 구름도 움직이고 기암절벽 사이로 출렁이는 파도도 움직인다. 뿐인가, 그 길 위를 걷고 있는 사람들도 움직인다. 움직이는 것들 속에서 만나는 들꽃이 반갑다. 들꽃 잎을 흔들고 지나가는 바람이 반갑다. 무엇보다 이기대가 이곳에 있어서 반갑다.

이기대에 대한 사전적 기록은 다음과 같다.

이기대라는 명칭의 유래는, 정확한 자료는 없으나 다음 세가지 설로 요약된다.

첫째, 조선시대 좌수영의 역사와 지리를 소개한 『동래영지』(東來營地, 1850년 좌수사 李亨夏이 편찬)에서 이기대라고 적고 있고 좌수영에서 남쪽으로 15리에 있으며 위에 두 기생의 무덤이 있어서 이기대라고 말한다고 할 뿐 구체적인 내용은 없다.(在營南十五里 上有 二妓臺云)

둘째, 경상좌수사가 두 기생을 데리고 놀아서 이기대라고 하였다는 말도 있다. 옛날 큰 벼슬을 한 관리들은 가는 곳마다 기생놀이를 했고 그래서 이기대라고 했다는데 근거가 없지는 않겠지만 천민에 속하는 두 기생의 무덤이 있다고 경관이 빼어난 곳의 이름을 그렇게 지었다는 것도 납득하기 어렵다는 것이 일반적인 견해다

셋째, 수영의 향토사학자 최한복(崔漢福, 1895~1968)에 의하면 임진왜란 때 왜군들이 수영성을 함락시키고는 부근의 경치 좋은 곳에서 축하잔치를 열었는데 그때 수영의 의로운 기녀가 자청해서 잔치에 참가하여 왜장에게 술을 잔뜩 권하여 술에 취하게 한 후 왜장을 안고 물속에 떨어져 죽었다는 것인데 그래서 이기대(二妓臺)가 아닌 의기대(義妓臺)가 맞는 이름이라고도 하였다 한다.

이기대(二妓臺)의 명칭은 공부(公簿)라고 할 수 있는 『동래영지』에서 이미 150여 년 전에 종전의 기록을 근거로 이기대(二妓臺)라고 하였으니 가장 설득력이 있다고 하겠다.[3]

이기대는 군사시설이었기 때문에 일반인이 잘 알 수 없었던 것은 사실이다. 그러던 것이 민간에 개방되면서 일부 사람들에게 입소문

이기대의
기암 절벽

이 퍼졌고 뒤이어 부산의 갈맷길에 포함되면서 유명세를 타고 있다. 오륙도 선착장에서 출발해 강원도 고성 통일전망대까지 해변을 걸어서 여행할 수 있는 길을 해파랑길이라고 하는데 그 해파랑길의 시작이자 끝이 이곳 이기대의 종착지 혹은 출발지인 오륙도 앞이 되는 셈이다.

바다라고 하면 백사장이나 갈매기를 떠올릴 것이다. 하지만 진짜 바다는 해안가의 기암절벽과 비릿한 짠 내음, 굴곡진 비탈길이 있어야 한다고 생각한다. 날것 그대로의 바다를 맛보지 않았다면 어찌 진정한 바다를 보았다 할 수 있을까.

이기대는 날것 그대로의 바다를 품고 있다. 섶자리에서 시작된 이기대 길은 평평한 암반이지만, 그 암반 위를 공룡이 걸었다는 사실 때문에 태고의 신비를 느낄 수 있는 곳이다.

물속으로 뛰어들라고 유혹하는 파도의 올망졸망한 몸놀림을 감상하다 보면 비탈길과 만나게 된다. 조금 힘든 감이 없지는 않다. 그래도 길을 내어주는 언덕으로 바람이 불어주니 다행이다. 산과 바다와 하늘 사이를 쉬엄쉬엄 걷다 보면 전망도 만나고 늘어진 구름다리도 만난다. 길이 적당히 쉬어 가란다. 꼭 목적지를 두고 가지 않아도 될 길을 왜 그리 급히 가냐며 갈매기도 주위를 맴돈다. 물도 한 모금 마시고 허기진 배를 채우는 동안 이마에 흐르던 땀이 식는다.

아이스크림을 팔고 있는 아저씨를 만난 곳은 이기대공원의 깔딱 고개 앞이었다. 숨이 넘어갈 정도로 가파른 능선에서 시원한 아이스크림을 베어 물며 고개를 드니 말 그대로 탁 트였다. 세상 어디가 이처럼 사람 속을 후련하게 해줄까.

　몇 번의 언덕과 몇 번의 내리막을 반복하다 보니 어느새 길의 끝자락이 펼쳐진다. 오륙도 해맞이공원이 발밑에 동그랗게 앉아 있다. 오륙도를 배경으로 꽃과 바람이 저희 세상을 내어준다. 오륙도 선착장 앞 해녀 아줌마들의 구수한 입담은 덤이다. 해삼 한 조각을 입에 가져가면 바다가 내 속으로 쏙 들어온다. 참 맛있다.

　　쓸쓸한 날에는 다섯 개로 보이고
　　즐거운 날에는 여섯 개로 보이는
　　그래서, 그래서
　　이름도 오륙도
　　해님이 건져 올린
　　신비로운 바위섬

　　비오는 날에는 다섯 개로 보이고
　　바람부는 날에는 여섯 개로 보이는
　　그래서, 그래서
　　이름도 오륙도
　　달님이 건져 올린
　　아름다운 바위섬
　　　　─「오륙도」, 제1회 MBC 창작 동요제 수상곡

부산 앞바다에 떠 있는 돌섬. 무인도다. 아무도 살지 않지만 꼭 누군가가 살고 있을 것 같은 곳. 가깝지만 먼 곳. 바로 오륙도다. 물론 눈앞에 놓고 볼 수 있는 곳도 있다. 오륙도 해맞이공원에서 마주보이는 오륙도는 지척에서 푸르게 빛난다.

오륙도는 부산을 상징하는 기암절벽의 섬이다. 날씨 상황이나 보는 이의 위치, 거기다 보는 이의 마음에 따라 그 숫자가 달리 보이는 오륙도는 그래서 신비의 섬이 된 것인지도 모른다. 안개가 낀 부산 앞바다에 뭉툭하게 떠 있는 오륙도는 부산의 또 다른 상징이다. 일찍이 대중가수 조용필도 자신의 노래 「돌아와요 부산항」에서 '오륙노 놀아가는 연락선마다 목메어 불러 봐도 대답 없는 내 형제'라고 부르지 않았던가.

그러나 부산을 오랫동안 상징해온 오륙도를 자세히 살펴볼 기회는 그리 많지 않았다. 그냥 늘 그곳에 있다 싶어 살펴보지 않은 마음이 좀 미안하다. 향토학자 주경업[4] 선생님의 저서는 오륙도에 대해

오륙도

상세히 기록하고 있다.

오륙도는 각각의 섬을 부르는 이름이 다 다르단다. 첫 번째 섬은 방패섬으로, 바닷바람과 세찬 파도를 막아주는 방패 역할을 한다고 해서 붙여진 이름이다. 두 번째 섬은 소나무가 살고 있는 솔섬, 세 번째 섬은 갈매기를 노리는 독수리들이 모여든다는 수리섬, 네 번째 섬은 뾰족한 송곳처럼 생겼다 하여 송곳섬, 다섯 번째 섬은 커다란 동굴이 있다는 굴섬, 여섯 번째 섬은 등대가 설치되어 있어 등대섬이라 하기도 하고 밭처럼 생겼다고 해서 밭섬이라 부르기도 한다. 여섯 개의 섬 중 가장 큰 것은 네 번째 섬인 송곳섬이고 여섯 번째 등대섬의 등대는 1927년에 설치되었다고 한다.

오륙도란 이름은 원래 하나인 우삭도가 밀물일 때 두 개로 보인다 해서 붙여진 이름이다. 그러니까 썰물일 때의 우삭도가 밀물일 때 방패섬과 솔섬이 되는 것이다. 1740년에 기록된 『동래부지』에 따르면 절영도 동쪽에 있는 오륙도가 보는 위치에 따라 동편에서 6봉으로 보이고 서편에서는 5봉으로 보이기 때문에 오륙도라 이름하였다고 기록하고 있다.

오륙도와 해맞이공원 사이의 좁은 여울목은 눈으로 보기에도 조류의 흐름이 빠르다는 것을 알 수 있다. 기암괴석이 바닷물 밑에 깔려 있고 그 암석 위를 각종 해조류가 뒤덮고 있다. 물결이 일렁일 때마다 이리저리 흐르는 해조류의 모습은 마치 바람에 몸을 맡긴 갈대처럼 일사불란하게 움직인다. 그러니 조류의 흐름이 얼마나 급한가 하는 것은 해조류의 흔들림으로도 알 수 있다.

그러다 보니 뱃길로서는 위험한 곳이다. 먼 옛날 뱃사람들은 뱃길의 무사함을 기원하며 이곳에서 공양미를 던져 해신(海神)을 달랬다고 전해진다. 지금도 이곳은 치성을 드리는 장소로 유명하며, 일 년 내내 촛불이 밝혀져 있다. 그 모습을 보면 바람이란 언제나 영원한 것이라는 사실을 확인하게 된다.

그렇게 그렇게 오륙도가 된 그곳에는 이제 해맞이공원이란 새로운 명소가 자리하고 있다. 오륙도 선착장까지 기분 좋은 바람을 맞으며 내려가 보면 세월의 굵기만큼 검게 그을린 해녀 아줌마들의 손가락이 성게를 손질하거나 해삼을 훑어내고 있다. 짭짤한 바닷내가 가시지 않은 그것들이 보내오는 풍요로움이란 직접 확인하는 것 말고는 답이 없다.

선착장은 한없이 부산답다. 지금은 새롭게 아파트가 들어서고 가까이에 있는 신선대 부두에 최신형 배들이 정박하고 있다. 오륙도 앞바다는 부산다운 훈훈한 정과 최신 주거단지와 최신 선박이 어우러진 부산의 미래다. 묘하게 어울리는 그것들을 뒤로하고 마을버스에 몸을 싣는다.

바다의 등대 북항대교

해안 순환도로 7교량 1터널 중 마지막 교량 구간. 공사기간 7년. 교량 길이 3.33킬로미터 사장교. 주탑 높이 190미터. 주탑 간 거리 540미터. 강도 7에 맞는 내진 설계. 풍속 80미터 강도.

이상이 부산시 영도구 청학동과 남구 감만동을 연결하는 북항대교 관련 기본 정보다. 2013년 완공 예정인 **북항대교**는 명지대교에서 광안대교에 이르는 부산 지역 해안 순환도로의 중심에 위치하고 있어 매우 중요한 항만배후도로로 기능할 것이라고 한다.

북항대교는 부산 신항에서 녹산, 신호단지를 거쳐 명지대교, 남항대교, 광안대교를 지나 경부고속도로로 이어지는 항만배후도로의 일환으로 건설되고 있다. 교량은 교각 위에 세운 탑에 케이블을 경사지게 설치해 다리를 지지하는 사장교 형식으로 만들어진다. 특히 국내 최장 강합성 사장교이자 국내 최초의 인공 섬식 충돌 방지공 설치 등 최첨단 기술력을 바탕으로 만들어져 높은 관심을 받고 있다.

특히 2014년 북항대교가 완공되면 광안대교에서 거가대교에 이르는 7개 교량 52킬로미터 해안순환 도로망이 구축되게 되어 부산의 해안교량이 세계적 관광명소로 자리매김할 것으로 기대된다.

또한 부산을 동북아시아 물류 중심기지로 육성 발전시키는 데 큰 몫을 담당할 것으로 예상되며, 북항대교 역시 광안대교 못지않은 관광자원이 될 것이다.

북항대교의 정보를 조금 너 추가해보자면 다리의 기둥 격인 주탑의 높이가 190미터에 달한다는 사실과 주탑과 주탑 사이의 거리가 540미터에 달해 서해대교보다 70미터나 더 길다는 것이다. 주탑과 주탑 사이의 거리가 멀다는 것은 공사의 어려움을 의미하는 것이란다.

현장 사무소에는 매일 공사 가능 여부를 확인하는 표시등이 켜져 있다. 풍속이 초속 10미터를 넘으면 공사는 불가능하다. 고공 크레인으로 작업하다 보니 바람과의 전쟁은 어쩔 수 없다. 전쟁을 치르는 대상은 바람만이 아니다. 수시로 오가는 선박도 작업자들에겐 긴장의 끈을 놓지 못하게 하는 요소다. 부두로 들고 나는 배들을 위해 공사가 일시 중지되는 것은 기본이라고 한다.

다이아몬드형 주탑의 규모는 실로 어마어마하다. 영도 방향에 솟아 있는 부산 등대가 마치 성냥개비처럼 작아 보인다. 북항대교의

북항대교

주탑은 거대함이 인간을 위축시키기도 하지만 그 거대한 구조물을 만든 것이 인간이란 사실을 다시 한 번 상기하게 하는 위용이다.

북항은 신선대부두와 신항을 직접 연결하여 물류 수송을 용의하게 할 뿐만 아니라 부산과 거제 울산을 한 번에 연결하는 교통 통로의 중심이 될 것이라고 한다. 이러한 기대에 부흥하듯 공사는 문제없이 진행되고 있다. 지난 2011년 11월 28일 감만동 쪽 상판을 올리면서 다리로서의 모습이 조금씩 갖추어져가고 있다

상상해보라. 바다 위를 달린다는 사실을. 30킬로미터에 달하는 바닷길을 막힘없이 달릴 수 있다는 것은 상상 속에서나 가능한 일이었다. 하지만 이제 상상이 현실이 되고 있다. 북항대교는 후미진 뒷골목에서 과거의 기억을 덮어쓰고 한 세대를 견뎌온 영도와 중구 도심권에 빛이 될 것이다.

북항대교의 다이아몬드 교각이 빛을 발하게 되면 새로운 모습이 공존하며 만들어내는 아름다움을 볼 수 있게 될 것이다. 과거라는 틀 위에 새로운 내일을 만들기란 그리 쉽지 않지만 부산은 그 일을 해내고 있다. 차츰 항만 도시라는 부산의 원래 이미지 위에 교량 문화 도시라는 새로운 얼굴을 더해줄 것이다.

북항대교가 완공되면 교량 기념관과 박물관 그리고 전망대와 튜브형 자전거 도로도 생길 것이며, 선상 레스토랑을 만들어 교량과 바다, 선박이 어울리는 뷰 포인트가 될 것이다.

상상해보자. 자전거 튜브 도로를 달리며 바라보는 부산의 바다는 어떨까? 선상 레스토랑에서 바라보는 부산 도심은 어떨까? 분명 세

상 그 어느 도시보다 화려하고 아름다울 것이다.

곧 문이 열릴 거다. 새로운 시간으로 들어가는 다리의 문이. 그 문이 열리는 순간 일곱 개의 다리는 문화 교량이라는 새로운 이름을 갖게 될 것이다. 교량의 도시 부산은 그렇게 최첨단 기술의 집약체이자 대한민국 문화의 화수분이 될 것이다.

문화의 화수분이 될 교량 중 마지막 구간에 해당하는 북항대교는 많은 것과 통한다. 특히 해양 문화와 관련된 것들이 북항대교 주변을 감싸고 있다. 북항을 달려 영도 나들목에 내려서면 보이는 것이 있다. 바로 국제 크루즈 터미널과 국립해양박물관이다.

코발트색 하늘과 바다가 만난 크루즈 터미널은 새로운 세상이다. 드넓은 바다를 건너온 배가 조용히 정박하고 있다. 배를 닮은 유선형 지붕과 돛 모양의 주 기둥이 크루즈 터미널 외관이다. 크거나 화려하진 않지만, 넓은 평지에 단출하게 앉은 터미널은 그저 조용한 휴식 공간 같다.

바람이 불어 시원한 터미널 광장에는 가족 단위 나들이객들이 햇살을 피해 휴식을 취하고 있다. 사람들은 찰랑거리는 파도 소리를 들으며 벤치에 누워 낮잠을 즐기는가 하면 낚싯대를 드리우고 입질이 오기를 기다리기도 한다. 인라인스케이트를 타는 아이들의 웃음소리도 듣기 좋다. 아무나 들려 마음껏 휴식을 취할 수 있는 크루즈 터미널 마당의 전망은 한마디로 백만불짜리다.

물살을 가르며 떠가는 컨테이너선과 바람을 뚫고 달리는 요트는

절묘하게 어울린다. 멀리 오륙도가 제 모습을 드러내고 서 있는가 하면 조도 가운데 우뚝 솟은 한국해양대학교가 이제 막 짐을 푼 국립해양박물관과 마주 보고 있다. 북항대교의 교각 일부가 신선대부두의 크레인과 묘하게 조화를 이루고 있다. 이 모든 것은 크루즈 터미널 마당에 앉아 바라볼 수 있는 경관이다.

2007년 새롭게 문을 연 국제 크루즈 터미널은 대형 크루즈선이 정박할 수 있다. 팬스타 크루즈는 국제 크루즈 터미널을 모항으로 사용하며 활발하게 움직이고 있다. 팬스타 크루즈는 선상에서 하룻밤을 경험할 수 있는 가벼운 코스부터 오사카까지 왕복으로 크루즈 여행을 즐실 수 있는 코스까지 있단다. 한 번쯤 선상에서 밤을 보내는 것도 나쁘지 않을 것 같다.

국제 크루즈 터미널

어느새 단정하게 손질한 크루즈 터미널 정원에 눈이 간다. 해송과 후피향나무, 산철쭉을 품은 한국적인 정원이 바다만큼 푸르고 싱그럽다. 우리 전통의 정자와 기와 담장이 솟대와 어우러져 있는 모습은 한국 땅을 처음 밟는 외국인에게 분명 이국적인 풍경으로 남을 것이다.

크루즈 터미널 정원 이야기를 장황하게 늘어놓는 이유가 있다. 얼마 전 새롭게 문을 연 국립해양박물관 이야기를 좀 하고 싶어서다. 동삼동을 매립할 당시부터 국립해양박물관 이야기가 있었고, 벌써 20여 년 전부터 계획된 일이다.

국립해양박물관

대한민국 최고의 항구도시인 부산에 국립해양박물관이 문을 열게 된 것은 어쩌면 당연한 일이다. 국립해양박물관은 공사를 시작한 지 2년 6개월 만인 2012년 7월 9일에 완성된 모습을 보여주었다.

국토해양부가 부산 영도구 동삼혁신도시에 건립한 국립해양박물관의 외형은 물방울 모양을 형상화한 것으로 시선을 끈다. 역삼각형을 이루고 있는 건물 형태는 어릴 때 만들었던 종이배를 닮은 듯 하며, 외벽의 부드러운 선은 물방울에 흐르는 빛처럼 부드럽다.

전시관 입구에서 관람객을 맞는 것은 '조선통신사선' 이다. 국내 최대 규모로 복원되었다는 '조선통신사선' 은 바다를 바라보며 무슨 생각을 할까?

복잡한 생각을 털어버리라는 듯 장보고 교관선과 거북선도 늠름한 모습으로 전시되어 있다. 박물관에는 우리나라 선박뿐 아니라 바이킹선과 베니스의 곤돌라도 전시되어 있어 다양한 배들을 감상할 수 있다. 베니스의 어느 골목으로 보이는 대형 사진 앞에 놓인 곤돌라선은 사진 찍기의 명소가 된 모양이다. 순서를 기다리는 아이들의 호기심 어린 표정이 이채롭다.

1층에 마련된 해양도서관은 바다와 관련된 책을 준비해두었다. 편안하게 독서를 즐기는 사람들이 모여 있는 것 같아 조용히 문을 닫았다. 2층은 해양 역사와 관련된 전시가 진행되고 있는데 선사시대 유적부터 고대 바닷사람들의 생활모습 그리고 항구사람들의 역사까지 알 수 있는 자료가 전시되어 있다. 아이들을 위한 프로그램도 풍성하다. 아이들이 참여하는 체험형 프로그램은 예약이 필수란다. 발 빠른 엄마들의 아이 사랑이 물씬 풍기는 2층을 벗어나 3층으로 올라갔다.

부산 아쿠아리움보다 규모는 작지만 그래도 물고기가 헤엄치고 살아 있는 해초들이 너울거리는 수족관이 시원스럽게 눈에 들어온다. 바닷속 깊은 곳에서 살아가는 해양생물들의 조용한 몸짓에 마음이 편안해진다.

예쁜 조개를 들고 활짝 웃는 아이의 얼굴이 수족관 속 열대어처럼 밝다. 곳곳에 마련된 체험형 전시는 역시 인기 만점이다. 체험장은 아이들과 함께 찾은 부모들로 가득하다. 해양 역사와 해양 정보 그리고 해양 체험이라는 세 박자를 다 경험하는 데 드는 비용은 무료다.

국립해양박물관 입장료도 무료다. 동네 꼬마녀석들뿐 아니라 멀리 해외에서 크루즈선을 타고 부산을 방문한 외국인이 관광하기에도 좋을 것 같다. 무엇보다 국내 최초의 국립해양박물관이 부산에 있다는 것은 부산이 우리나라 제일의 항구도시이자 대한민국 최고의 물류거점도시니 어쩌면 당연한지도 모르겠다.

고갈산으로 넘어가는 오후의 햇살을 받으면 국립해양박물관이 더 아름답다. 물방울에 번진 빛처럼 아름다운 외형을 가진 국립해양박물관은 이제 막 개관을 했기에 앞으로 더 기대되는 곳이다.

국립해양박물관에 대한 기대를 잠시 접어두고 찾아간 곳은 한국해양대학교다. 우리나라에 있는 대학 중 바다 한가운데를 가로

한국해양대학교

질러 등교하는 학교가 또 있을까? 한국해양대학교에 등교하기 위해서는 연륙교를 지나야 한다. 일자로 뻗은 연륙교 주위에 쌓여 있는 테트라포드는 마치 방파제처럼 굳건하게 통행로를 지키고 있다.

한국해양대학교는 부산시 영도구 동삼동에 위치하고 있다. 1945년 11월 설립된 진해고등상선학교와 통영상선학교가 1946년에 병합되었고 이후 1947년 인천해양대학교와 다시 병합되면서 국립해양대학이 된다. 1992년 종합대학으로 승격되면서 한국해양대학교로 교명을 바꾸어 오늘에 이르고 있다. 한국해양대학교는 우리나라 마린교육의 메카이자 한국해양의 산실이라 해도 과언이 아니다. 영도 조도(아치섬)에 위치한 이 학교는 실습선을 정박해두기로도 유명하다. 짙푸른 바다를 배경으로 정박해 있는 '한나라호'와 '한바다호'는 말 그대로 낭만 덩어리다. '한바다호'에 승선해 먼 바다로 항해를 나가는 해양대학교 학생의 모습을 상상만 해도 가슴이 뛴다.

한국해양대학교에서는 해마다 여름이면 '해양레포츠 아카데미'가 열리기도 한다. 바나나 보트에 수영과 요트까지 바다에서 즐길 수 있는 스포츠를 마음껏 즐길 수 있어 방학마다 열리는 이 아카데미는 언제나 인기 만점이다. 구릿빛으로 그을린 아이들의 얼굴에 웃음이 떠나지 않는다.

한국해양대학교 진입로의 이름은 아치로다. 아치로를 따라 들어가다 오른쪽으로 돌아가면 남해안로가 이어지면서 나타나는 아치 산책길은 한려해상국립공원 한 토막을 옮겨놓은 것처럼 빼어난 풍광을 자랑한다. 기암절벽과 숲이 있어 휴일 오후를 풍요롭게 보내기에 안성맞춤이다. 아치로 산책길 옆에는 아치 자갈마당이 있다. 고양이 이마만 하지만 태곳적 신비를 느끼기에 충분한 아치 자갈마당에서 수영을 하는 것은 금물이다. 생각보다 수심이 깊고 조류가 빠르기 때문에 그냥 발을 담그거나 물수제비 뜨며 놀기 좋은 곳이다.

이렇게 아름다운 풍광을 자랑하는 곳에서 바다와 관련된 공부를 하고 연구를 하는 학생들도 부럽지만 인근의 주민들도 부럽긴 마찬가지다. 젊음이 가득한 대학 캠퍼스를 자유롭게 오고 가는 주민들도 보인다. 백발의 노부부가 열린 교정을 산책하며 지나간 시간을 돌아보는 모습은 멀리서 바라보기만 해도 부럽다.

기암절벽에 깊은 숲과 아득한 수평선은 영도의 자랑이다. 신라 28대 태종무열왕이 삼국통일의 대업을 이루고 이곳에서 즐겼다는 기록으로 보아 **태종대**라는 이름은 1400년 정도 된 것으로 추측할 수 있다. 또 조선의 태종왕도 큰 가뭄이 들자 이곳에 와서 기우제를 지냈다고 한다. 그래서 5월에 내리는 비를 '태종우'라고 기록하고 있다.

태종대를 즐기는 방법은 다양하다. 먼저 태종대 체험 풀코스를 따라 걷는 방법이 있다. 태종대 입구에서 태종 광장 좌측으로 난 순환도로를 걸으면 맑은 공기와 잔잔한 해풍을 만끽할 수 있다. 길이 조금 가파르다 느껴질 때면 목을 축일 수 있는 지하수도 만날 수 있다. 목 넘김이 좋은 시원한 물 한 모금의 여운이 가시기 전에 구명사와 태종사 입구에 도착하게 된다.

태종대의 기암절벽과 유람선

발 아래로 등대자갈마당이 있다. 등대자갈마당에는 오랜 세월을
잘 견디어 온 엄마의 손가락 끝처럼 동글동글한 몽돌이 깔려 있다.
반대로, 깎아 세운 듯한 절벽과 신선바위는 수만 년 동안 그 모습 그
대로 기암괴석이 굽이치는 파도와 함께 절경을 이룬다. 가파른 계단
을 올라야 하니 조금 힘들기는 하지만 등대와 함께 마련되어 있는
갤러리도 구경할 수 있어 조금은 여유롭다.

오륙도와 주전자섬 사이를 유심히 살펴보면 날씨가 청명한 날에
는 멀리 대마도가 보인다. 손에 잡힐 듯 가까운 곳이 타국이라는 사
실이 실감 나지 않지만 그 먼 거리의 섬을 눈으로 확인할 수 있다는
것에 놀랍다. 모자상이 있는 전망대를 지나 태종대 자갈마당으로 내
려가면 유람선을 타는 선착장이 있다. 그곳에 가면 갈매기에게 먹이
를 주느라 선창가에 서 있는 관광객들의 시원한 웃음소리도 들을 수
있다.

최근에는 '다누비'를 타고 태종대 일주가 가능해졌다. 앙증맞은
무궤도 열차 다누비는 창문이 설치되어 있지 않아 태종대의 화려한
경관을 만끽하기에 그만이다. 처음 태종대가 유원지가 된 것은
1970년대다. 부산 원도심에서 어린 시절을 보냈다면 한 번쯤은 태
종대로 소풍을 갔을 것이다. 소풍날이면 태종대 일주도로를 따라 걷
다가 소나무 숲에 앉아 김밥을 먹고 보물찾기를 했다.

그리 멀지 않은 과거인데 참 멀게 느껴진다. 그때나 지금이나 태
종대는 그대로인데 내 느낌은 어찌 이리도 생경한지 세월이 문제인
지 내가 문제인지. 지금도 일주도로의 약수와 기암절벽은 아무런 변

화 없이 그 자리를 지키고 있는데 말이다.

태종대 옆 중리 바닷가는 작지만 알차다. 조립식 횟집과 해녀들이 잡아 올린 해산물을 저렴한 가격에 맛볼 수 있다. 영도는 유난히 자갈이 많다. 중리 앞바다 역시 자갈로 이루어진 해안가라 가만히 앉아 파도 소리를 들으면 저희끼리 사각거리는 자갈 소리를 들을 수 있다. 모래를 파고드는 파도 소리와 달리 자갈 사이를 빠져나가는 파도소리는 유난히 사각거린다. 눈을 감고 들으면 자갈들이 서로에게 '잘 가, 잘 가' 라고 인사를 나누는 것도 같다.

소녀 감상에 취해 중리 마당을 벗어나면 절영로가 눈앞에 펼쳐진다. 도심 한복판에서 만나는 해안산책로는 자연스러워서 더 좋다. 억지로 꾸미지 않고 지형을 최대한 살린 '감지 해변 산책로' 와 '절영 해안 산책로' 는 걸어볼 만한 길이다. 남항에 닻을 내리고 정박해 있는 온갖 선박들의 안온한 휴식도 즐기면서 건너편 송도 바닷가의 파도 소리까지 들릴 것 같은 산책로는 아기자기한 바람과 함께 찾는 이를 맞이해준다.

역사의 가객(佳客) 부산대교

영도의 해안 산책로는 사람이 살아왔고 살고 있고 살아갈 곳이기에 길 위의 돌 하나 담벼락의 틈새 하나도 귀하지 않은 게 없다. 긴 세월을 그렇게 묵묵히 흘러 온 길을 따라가다 보면 부산이 보인다.

부산을 만나기 위해 봉래동 입구에 섰다. 그곳에 서면 영도에서 중앙동으로 넘어가는 **부산대교**가 보인다. 부산대교는 부산의 개항 100주년 기념행사를 위해 만들어졌다.[5] 1976년 10월 착공하여 1980년 1월 준공했는데 그때가 부산항 개항 100주년 되는 해였다고 한다. 더불어 영도로 몰려드는 교통량을 흡수하기 위해 1980년대 설치된 산업교량이자 영도대교와는 45년의 나이 차이가 있는 동생뻘 되는 다리다.

부산대교는 길이 260미터 너비 20미터의 4차선 차도와 양쪽에 너비 2미터씩의 인도를 갖추고 있고 영도대교와는 100미터 정도의 간격을 두고 있다. 부산대교의 볼거리는 하늘 높이 치솟아 있는 아치 모양의 철강 교각이다. 한때 부산의 랜드마크로 불릴 만큼 붉은색의 아치는 인상적이었다. 영화 〈눈부신 날에〉의 주인공이었던 영화배우 박신양이 31미터 높이의 아치 위에 올라가 자살소동을 일으키는 장면의 촬영지로도 잘 알려져 있다. 당시 부산 시민들은 진짜 자살소동이 일어난 줄 알았다는 에피소드로도 유명하다.[6]

80~90년대를 살아온 사람들은 부산대교 아래를 많이 추억한다. 지금은 롯데백화점 주차장과 이면도로 때문에 사라졌지만 무수하게 많았던 '곰장어 구이집'과 '담치(홍합)국물'을 푸짐하게 내주던 포장마차가 있었다. 교각 밑 방파제는 동네 사람들 낚시터였고 여름밤 더위를 식히는 휴식처였다.

그곳에서 소주 한 잔 마시지 않았다면 젊은이라 할 수 없었던 그때. 술에 취해 부산대교 난간을 붙잡고 노래라도 부를라치면 어김없이 경찰차가 달려왔노라 회상하는 중년 신사도 꽤 있지 싶다. 취기를 못 이겨 택시에서 내리다 지폐 몇 장을 바람에 날려 보내게 되면 급히 손을 뻗어 돈을 잡으려 안간힘을 쓰곤 했는데 그 모습이 마치 바다를 향해 뛰어내리려는 것으로 보였던 모양이다. 어김없이 경찰차가 달려왔으니 말이다.

인정이 있던 때였다고 해야 하나. 그런 위태로움에 친절히 경찰에 신고를 하고 바쁜 와중에도 어김없이 달려오는 경찰관이 있었기에 그 모든 일이 술기운에 벌어진 해프닝으로 끝날 수 있었다.

부산대교

부산대교는 즐거운 추억도 있지만 살기 위한 치열함도 있다. 영도다리만으로 교통량을 감당하기 부족해 부산대교를 건설하게 되었고 그 결과 영도는 조선, 기계 공업을 중심으로 하는 중공업지역으로 발전할 수 있었다. 또한 부산의 대표적인 관광지 태종대 개발에도 한몫했다.

지금도 지난 사진 속에 붉은 아치형 부산대교를 만나면 어쩐지 반갑다. 그래도 한때는 부산의 교량을 상징하는 역할을 톡톡히 해주지 않았는가. 지금이야 광안대교다, 북항대교다 하는 거대한 교량들이 사람들을 유혹하지만 그때야 어디 그랬는가. 영도다리와 부산대교를 번갈아 오가면서 부산의 낭만을 즐겼지 않았던가.

흔적이 없다는 말을 실감한다. 옛 부산 시청이었던 곳. 그보다 더 옛날에는 미나까이백화점이 있었던 곳. 그리고 장수통이라 불리던 광복동.

롯데백화점 부산점이 위용을 자랑하며 서 있는 그곳은 식민지 시기 미나까이백화점 자리였다고 한다. 일본은 당시 용두산 끝에 있던 부산부청을, 용미산을 밀어내고 새롭게 매축한 자리로 옮기고 그 옆에 미나까이백화점을 만든 다음, 부산대교(지금의 영도다리)를 만들었다. 일본이 이처럼 부산을 발전시킨 이유는 간단하다. 항구였기 때문이다. 일본 본토에서 내지인 조선 땅으로 들어오는 첫 관문이자 대륙으로 뻗어 갈 전초기지로서 역할을 충분히 할 수 있는 곳이라고 생각했기 때문이다.

광복동의 유래를 조금 더 살펴보면 식민지 시절 변천정, 금평정, 서정, 행정과 같은 이름으로 불리다가 해방 후 조국 광복의 의미를 크게 일깨우고 그 뜻을 기린다는 뜻에서 광복동(光復洞)으로 바꾸었다고 한다. 그런데 한 가지 재미있는 것은 일본인들이 불렀던 변천정이란 이름은 일본인들이 그들의 수호신인 변재천신사에서 따온 것으로, 불교에서 변재천은 음악과 지혜 그리고 말재주를 일컫는 변재이고 재복을 다스리는 보살을 의미한단다. 특히 이 보살은 비파 연주를 잘했고 아름다운 소리로 중생을 기쁘게 해주었단다. 광복동은 해방 이후에도 오랜 세월 사람들의 시름을 달래주는 곳이었으니 그 의미가 통하는 셈이다. 부산의 민속학자 주경업 선생은 이 사실이 묘한 인연이라 해석한다.

주경업 선생의 해석에 왠지 동의하고 싶다. 광복동 하면 지난 반세기 부산의 명동이라 불렸던 곳이다. 6·25전쟁 후 피난민들이 애수를 달랬고 경제 발전기에는 유통이 주를 이루었으며 90년대 이후에는 젊음의 상징으로 자리매김하던 곳이었으니 그 긴 세월 광복동은 번화가였던 셈이다.

과거가 변해 오늘이 있는 것이다. 광복동은 실로 과거를 변화시켜 오늘을 만들었고 그 오늘이 다시 과거의 명성과 만나 있다. 옛 시청 자리에 들어선 롯데백화점 광복점은 그냥 백화점이기만 한 것은 아니다. 롯데그룹이 롯데타운을 건설할 것이기 때문이다. 지상 108층 규모의 부산롯데 타운에는 호텔과 아파트 오피스텔과 놀이 공원 등이 들어설 예정이다.

음악다방과 옷가게가 즐비했던 광복로는 이제 새롭게 탈바꿈했다. 간판을 정리하고 도로를 정비해 문화 거리로 거듭나고 있으며, 계절마다 볼거리를 제공한다. 연말이면 어김없이 빛의 축제가 열리고, 봄이 오면 '광복로 패션아트페스티발'이 열린다. 60년대 당시 패션을 주도했던 광복동이니 패션 관련 축제는 어울리고도 남음이 있다. 어린이날을 즈음해서는 '조선통신사' 축제의 일환으로 거리 행렬 공연이 벌어진다. 이 거리 공연은 이국적이면서도 색다른 경험을 하기에 충분하다.

광복동 추억의 백미는 겨울임을 증명이라도 하듯 매년 12월이면 '크리스마스트리 문화제'가 열린다. '빛의 축제'라고도 불리는 이 축제는 루미나리에뿐만 아니라 성탄을 축하하는 트리와 함께한다. 눈 구경하기 힘든 부산 사람들에게 흰 눈이 쏟아지듯 흘러내리는 루

광복로

미나리에는 가장 인기가 좋다.

　길을 따라 걷고 싶어진다. 광복동 길은 시간과 추억이 담겨 있기도 하지만 우리가 알지 못한 세월의 흔적을 찾아볼 수 있어 재미있다. 추억의 양산박이나 신청곡을 들려주던 디제이 오빠들은 잘 모르지만 지금의 광복동을 밝히고 있는 지난 시간을 찾아 뒷길로 돌아간다.

추억의 타임캡슐 영도다리

　광복동의 뒷길에도 과거의 흔적과 오늘의 화려함이 함께 묻어난다. 그래도 좋다. 지난 시간이 양파껍질처럼 돌돌 싸여 오늘 속에 들어 있을 테니 말이다. 구석구석 숨겨진 시간의 고물들이 바람에 날려 구수한 향내를 풍긴다.

　구수한 냄새의 근원지는 영도다리 옆 초재골목이다. 각종 약초를 매달아놓고 파는 가게 옆에 생선구이 등속을 파는 조그마한 선술집이 있다. 그 옛날 허기를 달래던 공간이었으리라 짐작하며 영도다리로 올라선다.

　영도다리는 복원 공사가 한창이다. 이러다 돌아온 금순이가 못 알아보는 것은 아닌가 싶어 살짝 걱정이 되기도 한다.

　영도다리는 일제강점기에 건립된 우리나라 최초의 수직 도개식 다리로서 영도와 육지를 잇기 위해 건립되었다. 개통 당시의 명칭은 부산대교였다. 이 다리가 생기기 전까지는 영도와 시내를 연결하는 교통수단이 배였다. 1930년대에 배를 이용하는 사람들이 삼백 만에 가까웠다고 하니 자유롭게 육지로 나가기를 바랐을 영도 주민들의 심정이 이해가 간다.

지금도 대평동과 남포동을 잇는 뱃길이 남아 있다. 남아 있는 뱃길은 교통수단이라기보다 관광용이라고 하는 것이 더 맞을 것이다. 하지만 가끔 영도와 시내를 잇는 두 다리가 극심한 교통난에 시달릴 때면 유용하게 쓰이기도 한다.

영도대교

　영도에 있는 학교로 등하교를 하는 학생들이 재미로 올라타는 그 배가 영도다리가 만들어지기 전에는 유일한 교통수단이었다니 이 역시 격세지감이다.

　일본에 의해 만들어진 영도다리는 1932년 4월에 착공하여 1934년 11월에 개통된 부산 최초의 연륙교이기도 하다. 총연장 214.63미터, 폭 18.3미터이다. 이 다리는 육지 쪽에서 약 31.3미터를 위로 들어올려 돛대나 굴뚝이 높은 큰 배가 다리에 걸리지 않고 지나다닐 수 있게 설계되었다. 하루에 여섯 번 가량 올렸기 때문에 이것을 바라보는 것도 하나의 즐거움이었다고 한다.

　일제강점기에는 시계가 귀해 다리가 올라간다는 신호로 울리던 뱃고동 소리에 맞춰 점심시간을 가늠했다니 말 그대로 배꼽시계가 울리는 시간에 뱃고동이 울린 것이구나 싶다. 배꼽시계가 울린다는 말과 영도다리 도개 신호였던 뱃고동 소리 사이의 상관관계를 알아보지는 않았지만, 그렇다고 얼렁뚱땅 맞춰도 맞을 성싶다. 아무튼 그만큼 많은 사람들 기억 속에 도개 시간을 알리던 순간과 그 모습이 선명하게 각인되어 있을 것 같다.

　영도다리는 6·25전쟁 때 피난민의 애환이 담긴 곳이기도 했다. 규칙적인 시간에 뱃고동을 울리고 멀리서도 보일 만큼 웅장한 도개 모습이었다니 영도다리라면 찾기도 쉽고 만나기도 쉬워 6·25전쟁 당시 피난민들의 약속장소가 될 만도 했을 것 같다. 그래도 만나지 못한 이산가족이 많다니 가슴 아픈 일이다.

　그렇게 유명세를 타던 다리는 1966년 9월 1일 이후 더 이상 들어

올리지 않았다. 늘어난 교통량 때문에 더 이상 상판을 들어 올릴 수 없게 된 것이다. 그 뒤 영도의 인구가 급격히 증가하고 다리를 통과하는 차량 및 30톤 이상의 컨테이너 트럭이 많아지자 1980년 부산 영도대교 바로 옆에 부산대교를 건설했다. 이로써 영도다리는 부산대교와 함께 부산 도심지와 영도를 연결하는 중요한 교통도로 및 산업도로의 역할을 톡톡히 하게 되었다.

2003년 영도다리 철거 문제가 제기되었다. 그러나 부산 시민들을 대상으로 여론조사를 실시한 결과 보존 의견이 우세해 개보수 작업 후 보행자 전용 교량으로 단장하여 관광 상품으로 활용할 계획이란다. 이제 곧 다시 하늘로 올라가는 영도다리를 볼 수 있는 날을 기다려본다. 그때도 12시에 뱃고동 소리를 울리고 다리가 올라갔으면 좋겠다. 내 배꼽시계도 같이 울리는지 확인해보게.

배꼽시계를 요란하게 울리게 하는 것 중 최고는 단연 음식일 것이다. 그것도 여린 살을 발라 초고추장에 찍어 먹는 활어회라면 누구나 군침을 삼키겠지. 누군들 부산에서 해산물을 탐하지 않으리오.

해산물을 탐하러 찾아가게 되는 곳은 당연히 자갈치시장이다. '오이소, 보이소, 사이소.' 부산 사람이 아니라면 이 문장의 억양을 맛깔 나게 살릴 수 없을 것이다. 3음보의 율격을 가진 이 문구가 바로 자갈치시장을 상징하는 맛스러운 대표 문구가 되었다.

자갈치시장은 한국 최대의 어패류 전문시장이다. 그러다 보니 이른 새벽부터 수많은 어류가 공판장에서 팔려나간다. 매일매일 새롭

자갈치시장

게 들고 나는 어류를 사고파는 아주머니들을 우리는 '자갈치 아지매'라고 부른다.

　사실 자갈치시장은 명절 대목장을 보러 나오거나 싱싱한 횟거리로 입이 호강하는 날이 아니면 부산사람들도 잘 찾지 않는 곳이기도 하다. 그래도 부산을 찾는 외지인들은 부산에 사는 부산사람들이 부럽단다. 마음만 먹으면 얼마든지 찾을 수 있는 자갈치시장이 지척에 있으니 정말 좋겠다고 호들갑을 떤다. 그렇긴 하다. 마음만 먹으면 언제든 찾을 수 있다는 장점은 있다.

　요즘은 외국인 관광객들이 시장 구석에 삼삼오오 모여앉아 음식 먹는 모습을 종종 보게 된다. 자갈치시장은 어느새 외국인 관광객들에게 필수 코스가 되어버렸다. 부산사람들의 숨결을 함께 느낄 수 있고 싱싱한 먹거리와 부산 특유의 정겨움을 느낄 수 있으니 이 또한 즐겁지 아니한가?

　자갈치시장은 자갈이 많은 곳이라는 뜻이다. 보수천이 자갈을 몰고 와 해변에 쌓이게 되었는데 그곳이 지금의 자갈치다. 일제강점기에는 이곳에서 수영을 즐기는 일본인들도 꽤나 많았던 모양이다. 기록에 따르면 훈도시를 찬 일본인들이 수영을 즐겼다고 되어 있다.

　또 1924년경부터 이곳에 일본인들이 시장을 열고 그 이름을 '남빈

시장'이라 불렀고 해방 이후에는 징병으로 끌려갔던 사람들이 돌아와 이곳에서 생선 도매업을 하게 되면서 어류 시장으로 활기를 띠기 시작한다. 그 후 한국전쟁이 발발하게 되고 피난 온 수많은 피난민들이 '판티이'라 불리는 플라스틱 그릇을 놓고 고기를 파는 난전이 형성되면서 지금에 이른 것이다.

지금도 그때의 모습과 별반 다르지 않다. 아직도 물기 흥건한 바닥에 붉은 대야를 끌며 고등어와 같은 생선을 팔고 있는 자갈치 아지매들을 만날 수 있다. 붉은 대야가 아닌 합판을 엎어 난전을 만들어놓고 문어며 갈치 등속을 파는 아지매들도 있고 고래 고기를 팔거나 곰장어를 파는 아지매들도 여전히 건재하다.

대를 이어 장사를 하며 가업을 일구는 이들이 있는가 하면 백발의 할머니가 아직도 생선상자를 부리며 우렁차게 외치는 모습을 볼 수도 있다. "오징어 사소." 허공을 향해 우렁차게 외치는 할머니의 정정한 목소리에 오징어 한 뭉치를 사 들고 돌아서는 관광객도 만날 수 있다. 이래서 자갈치는 살아 있다고 하는가 보다. 꼭 자갈치는 생선이 아니어도 좋다. 곰장어 구이나 보리밥 정식도 늘 그 자리에 있다.

그래 요건 몰랐을 거다. 영도다리에서 자갈치시장으로 들어오는 입구에 즐비한 젓갈골목. 장동건과 유오성이 열심히 뛰어다녔던 영화 〈친구〉에도 등장한 골목이다. 영화 〈친구〉의 주인공이 장동건과 유오성이라면 이 골목의 진짜 주인공은 젓갈이다. 우리나라에서 가장 많은 젓갈이 유통되는 곳이 바로 자갈치시장 젓갈골목이라는 사

바다를 조망할 수 있는 자갈치 회센터

실은 몰랐을 거다.

　자갈치시장은 부산의 성격을 가장 잘 보여주는 가장 부산다운 시민의 생활 터전이다. 옛날부터 부산 시내 음식점이건 영업집이건 집집마다 오르는 찬거리 가운데 해산물은 으레 자갈치 시장의 것이라고 할 만큼 부산의 맛을 공급하는 곳이기도 했다.

　이제 자갈치공동어시장이 새롭게 문을 열면서 자갈치는 다시 거듭나고 있다. 새롭게 문을 연 자갈치시장은 막 잡아 온 생선이 거래되는 곳으로, 건물 1층은 어시장, 2층은 회센터와 건어물판매장이다.

　새롭게 문을 연 자갈치 회센터는 바다를 조망할 수 있어 눈이 즐겁고 싱싱한 먹거리가 풍부해 입이 즐겁다. 새롭게 문을 연 수변공원에서 자갈치 앞바다를 배경으로 휴식을 취할 수도 있다. 주말이면 다채로운 문화행사도 열린다. 자갈치 축제가 열릴라치면 하루 종일 들썩이는 곳이 바로 수변공원 무대다. 그냥 바닥에 퍼질러 앉아도 좋고 신문지 등을 깔고 앉아도 좋다. 수변 공원에 앉아 있으면 적당한 바람과 사람들의 소리와 만선의 꿈을 품고 바다로 나가는 어선의 절묘한 조화에 시간 가는 줄 모른다.

　시간이 멈추어주면 오죽 좋을까. 그러나 시간은 흘러야 맛이고 여행은 다녀야 맛이다. 앉은 자리에서 푹 쉬고 싶기도 한 것이 여행이다. 하지만 그 휴식은 집으로 돌아가 누릴 생각을 하고 다시 몸을 움직인다.

질퍽한 자길치시장을 나와 중앙대로를 건너면 비프광장이 나타난다. 부산국제영화제를 상징하는 아치형 조형물이 이곳이 비프광장 입구라고 선을 그어준다. 참 고맙다.

비프(BIFF)광장의 매력은 뭐니뭐니해도 영화다. 1996년 부산 국제영화제가 시작된 것을 기념한 동판이 눈에 띈다. 영화의 메카였던 비프광장은 지금도 대영시네마와 부산극장 같은 대형 영화관이 있어 입맛대로 영화를 관람할 수 있다.

그래도 좀 아쉬운 것은 예전에 극장가라 불리던 곳인데 영화관이 달랑 두 개밖에 남지 않았다는 거다. 부영극장, 제일극장, 왕자극장 등 많은 극장들이 휴일마다 사람들을 기다렸는데……. 학창시절 시험이 끝나는 날이면 단체로 영화 관람을 오곤 하던 곳도 이곳 비프광장이었다.

지금도 잊을 수 없는 〈벤허〉의 마지막 상영. 중3 때였을 거다. 돈이 없는 나를 위해 지인이 관람료를 내주었고 그 덕분에 〈벤허〉의 마지

비프광장과 영화관

막 상영을 볼 수 있었다. 화면을 압도했던 전차 바퀴가 아직도 기억에 남아 있는데 그 극장은 이제 흔적이 없다. 아쉽지만 어쩔 수 없다. 극장마다 여러 개의 상영관을 갖추어 놓았으니 영화를 선택할 수 있는 폭은 넓어진 셈이다.

볼 영화를 선택했다면 이제 궁금한 입을 채워야 한다. 씨앗호떡은 연예인들이 찾아 유명해졌는데, 처음엔 불티나호떡이란 이름으로 한 집만이 팔았는데 언제부턴가 여러 집이 문을 열었다.

호떡도 한 입 먹고 떡볶이나 오뎅(어묵이란 말은 어째 '확' 와 닿지 않는다.) 국물도 마시면서 궁금한 입을 달래고 나면 오징어 다리 한 줄을 사 들고 극장으로 들어가면 된다. 버터구이 오징어나 팝콘도 좋지만 부산에 있는 극장에서 영화를 볼 생각이라면 비프광장 앞 노점에서 파는 대형 오징어 다리를 들고 극장에 들어가는 것도 나름의 맛이다. 오랫동안 씹고 즐길 수 있다. 그 크기는 각자 상상해 맡기고 싶다. 다리와 몸통을 따로 분리해서 팔고 있다는 팁만 주도록 하자.

사실 비프광장과 떼려야 뗄 수 없는 곳이 국제시장이다. 부산의 명물 하면 자갈치시장과 국제시장 아니던가. 그리고 부산 토박이들이라면 당연히 알아야 하는 부평시장까지, 부산의 중심가였던 중구 일대에는 커다란 시장이 무려 세 개나 있다.

국제시장은 해방 후 6·25전쟁이 발발하면서 형성된 곳이다. 일제 말기 태평양 전쟁 때 일본군이 군사 소개령을 내린 지역으로 해방 후에도 공터로 남게 된다. 이곳에서 일본인들이 넘긴 물건을 헐값에 팔기도 하고 주둔 미군부대에서 흘러나온 전쟁물품이 팔려 나가기도 했다. 이런 물품들로 장사를 한 사람들은 해방으로 귀향한 동포들이었다. 이후 6·25전쟁이 발발하면서 피난민들까지 합세해 난장(노상)이 펼쳐진 것이다.

국제시장을 일명 '돗대기 시장'이라 불렀단다. 그 정확한 유래는 알 수 없으나 이것저것 막 모아서 한꺼번에 흥정하는 '도거리' 시장이란 말에서 비롯된 것이라고 주경업 선생은 말한다. 우리들이야 그 유래를 잘 알지는 못하지만 국제시장의 풍요로움은 안다.

물자의 풍요로움을 주체하지 못했던 90년대 국제시장은 최고의 번화가로 자리매김했다. 몰려든 사람들로 휴일이면 도로는 검게 변했다. 2층 커피숍 창가에 앉아 국제시장 통을 내려다보면 길을 가득 메운 사람들의 머리만 보였다. 어디 그뿐이었나. 거리를 흔드는 음악 소리에 온 거리가 춤을 추는 듯 했다. 국제시장에서 자유롭게 쇼핑을 즐기는 것이 당시 젊은이들의 로망이었다고 하면 오산일까? 아마도 그랬을 거다.

그러나 2000년대에 접어들면서 급격하게 위축되었던 상권이 다시 활기를 찾고 있다. 중앙동과 광복동 그리고 남포동은 하나의 고리로 연결된 운명체처럼 그렇게 번창했고 위축되었으며 다시 살아나고 있다.

국제시장은 먹자골목과 구제골목으로 나뉘면서 새로운 색깔을 입어가고 있다. 구석구석 남아 있는 지난 시간의 흔적과 새롭게 입은 색깔이 어우러지면서 새삼스럽게 외국인 관광객을 끌어모으고 있다.

국제시장

국제시장에서 물건을 파는 사람이라면 누구나 일본어와 러시아 한두 마디는 해야 한다. 그리고 최근에는 중국인 관광객까지 쉬지 않고 찾아오니 언어 공부하랴 흥정하며 장사하랴 국제시장을 지키고 있는 상인들은 정신없이 바쁜 날들을 보내고 있다. 하지만 즐거울 것이다. 원도심이 다시 살아나고 있으니. 원도심이 살아 숨 쉰다는 것은 지나간 것들을 품고 거듭났기 때문일 것이다.

사람의 길 남항대교

거듭남의 놀라움에 숙연해지는 기분을 털어내고 새롭게 단장한 **남항대교**로 달려간다. 영도와 송도 사이는 바다였다. 그것도 물길이 깊고 거친 바다였다. 태풍 소식이 들려오면 카메라를 든 취재진이 찾아가는 곳도 바로 송도 아랫길이 있는 그 바닷가였다.

이제는 부서지는 파도를 배경으로 태풍의 강도가 얼마나 위력적인지 열심히 설명하던 기자들 모습은 보이지 않지만 여전히 먼 바다에서 밀려오는 파도의 위력을 실감할 수 있는 곳이다. 그런데 그런 바다 위에 다리가 놓였다. 교량이라는 토목공학적 용어도 있지만 우리는 '다리'가 좋다. 그래서 그냥 '다리'가 놓인 것이다.

왜냐하면 남항대교는 부산에 건설된 7개의 교량 중 유일하게 인도가 있는 다리이기 때문이다. 어려운 공법과 거대한 규모로 건설된 교량과 달리 남항대교는 3미터 폭의 인도가 만들어져 있어 더 친근

남항대교

하다. 차량 소통이 우선인 여느 다리에 비해 작지만 그 풍광은 거대한 교량 못지않다.

서구 암남동에서 영도구 영선동을 있는 남항대교는 2008년 7월 9일 완전 개통했다. 1997년부터 시작된 공사가 십여 년 만에 완성된 것이다. 긴 시간 어려움을 이겨내고 건설된 남항대교의 완공을 기념하며 시민걷기대회를 열었는데 2만 명이 넘는 시민들이 참가했다고 한다. 그만큼 이 다리가 완공되기를 바라는 사람이 많았다는 뜻일 게다. 공식적으로 사람이 걸을 수 있는 다리다 보니 더 의미 있는 행사였을 것이라 짐작해본다.

남항대교는 우여곡절이 많은 다리로도 유명하다. 1997년에 착공은 했지만 1999년부터 2002년까지 공사비를 확보하지 못해 공사가 중단되었다. 그리고 설상가상으로 태풍 매미 때 공사 관련 집기가 떠내려가 공사를 처음부터 다시 시작하다시피 했다고 한다. 그러니 11년 만의 완공이 주는 의미는 남다를 수밖에 없었을 것이다.

남항대교 완공의 의미는 단지 사람이 걸을 수 있는 다리라는 데에만 있지 않다. 남항대교의 완공으로 거가대교, 가덕대교, 을숙도대교, 명지대교가 하나로 연결될 것이라는 실로 경이로운 의미가 있다. 여기다 북항대교가 완공되는 날이면 거제에서 울산까지의 해안순환도로망이 완성되는 것이기도 하다.

우리나라 동남권을 하나로 묶어낸다는 실로 거대한 역사를 쓰게 될 남항대교는 아담해서 더 친근감이 간다. 위협적이지 않다는 이야기다. 크기만 위협적이지 않은 것이 아니라 사람의 접근이 편리해서 위협적이지 않은 것인지도 모른다.

엘리베이터가 있다. 다리가 시작되는 지점에 설치된 엘리베이터를 타고 다리에 오르면 부산의 남항이 한눈에 들어온다. 송도 쪽의 해안 절벽과 영도 쪽의 해안 절벽이 균형을 이루며 마주보고 있고 부산의 품으로 깊이 파고드는 남항의 보드라운 해안선이 정박한 선박 사이로 언뜻언뜻 보인다. 자갈치시장과 충무동공동어시장의 활기찬 기운이 파도를 타고 일렁이는 것도 볼 수 있다.

송도 쪽 바닷가에 설치된 엘리베이터에서 내리면 넓게 펼쳐진 매립지의 시원함은 덤으로 만끽할 수 있다. 송도바닷가의 매립지는 수변공원으로 조성될 예정이란다. 발도 담그고 낚시도 하고 그것도 성이 안 차면 송도 백사장으로 달려가 수영도 할 수 있는 이곳이야말로 새롭게 시민 품에 안겨진 보물인 것 같다.

남항대교 교각을 수놓는 야간 조명은 무지개를 닮았다. 그리 높지 않은 교각 사이에서 규칙적으로 반짝이는 등불은 멀리서 보면 꼭 반딧불이 같다. 청명하게 맑은 밤 반딧불이를 잡는 마음으로 남항대교 하부에 자리를 깔고 누웠으면 좋겠다. 아쉬울까? 그래 그러면 송도해수욕장에 펼쳐진 넓은 백사장으로 옮기면 되지.

돗자리를 준비하고 싶다면 그렇게 해도 좋다. 그런데 송도해수욕장에 마련된 흔들의자를 본다면 생각이 달라질 걸. 송도해수욕장에서는 영화의 한 장면처럼 하얀 포말이 이는 해변을 배경으로 흔들의자에 앉아 있을 수 있다.

송도해수욕장

송도해수욕장은 참 아담하다. 그런데 그 역사적 의미는 크다. 송도해수욕장은 우리나라 1호 해수욕장이다. 1913년에 문을 연 우리나라 최초의 근대식 해수욕장이었다.

송도는 해수욕장 오른편의 거북섬에 소나무가 자생하고 있어 송도라는 이름을 가졌다고 한다. 1910년 이후 부산으로 이주해 오는 일본인이 많아지면서 송도를 유원지 겸 해수욕장으로 삼으려고 일본 거류민이 송도유원주식회사를 설립했다. 지금의 송림공원 건너편에 있던 현재의 거북섬을 허물고 1913년 수정(水亭)이라는 휴게소를 설치하여 바다 기슭의 백사장을 해수욕장으로 개발하였다.

이후 광복과 6·25전쟁을 거치면서 관광객도 늘어나고 해수욕장 주변으로 음식점과 숙박업소가 많이 들어서게 된다. 그러다 보니 바닷물이 오염되고 백사장이 좁아져 해수욕장의 기능이 점차 줄어들었다.

송도 해변의 분수와 돌고래 조각

'수정' 이라는 휴게소는 해풍으로 여러 차례 무너지고 다시 세우는 동안에 섬바위가 깎여 거북 모양으로 낮아져 이름도 거북섬으로 바뀌었다. 1964년 4월에는 거북섬과 해수욕장 서쪽 언덕을 잇는 420미터 거리의 케이블카가 설치되고 뒤이어 송림공원에서 거북섬으로 건너가는 줄다리가 설치되었는데, 이후 케이블카와 구름다리가 철거되기까지 송도의 명물로 사랑을 받아왔다. 해수욕장 동쪽의 노송이 우거진 언덕은 송림공원 또는 송도공원이라 하는데 바닷바람을 쐬며 바다경관을 즐기기에 손색이 없는 곳이다.

하지만 지금은 과거의 모습을 찾아보기 어렵다. 2000년대 들어 재정비 사업이 시작되면서 그 모습이 확연히 바뀐 것이다. 송도 바닷속에는 수중 방파제가 설치되어 있다. 이 방파제의 설치로 연안 정비가 이루어지면서 지금의 송도로 새롭게 태어난 것이다. 송도의 수질은 이제 물고기를 육안으로 살필 수 있을 정도가 되었다.

송도 바다가 이렇게 맑고 깨끗해졌다는 사실은 여름이면 몰려드는 피서 인파로도 확인할 수 있다. 매월 6월이면 개장을 하는데 과거와 달리 많은 사람들이 찾으면서 해수욕장이 새로운 전성기를 맞이하고 있다.

송도의 밤을 밝히는 야간경관은 환상적인 해변 분위기를 연출한다. 특히 여름바다축제 기간이면 화려한 음악과 만날 수 있다. 이곳에서 열리는 '현인 가요제' 는 신인 가수의 등용문이 되고 있다.

송도는 이제 눈에 보이지 않는 문화와 눈에 보이는 구조물들의 조화로 명성을 얻고 있다. 해변에 설치된 인공 폭포의 시원한 물줄기와 백사장에 마련된 인공 분수가 주기적으로 물을 뿜으며 색다른 재미를 제공한다. 거기다 전국 최초로 해상조각 작품을 설치했다. 특히 야간조명을 함께 설치해 밤이나 낮이나 물 위로 뛰어 오르는 역동적인 돌고래를 만날 수 있다.

송도해수욕장은 배려심도 많다. 여름마다 '아이사랑 존'을 운영한다. 키가 작고 어린 아이들이 바닷물에서 놀기 힘들 거란 생각에 백사장에 인공 풀장 두 개를 만들어놓고 물놀이 용품도 제공한다. 미래의 송도해수욕장 이용객이 되어줄 아이들을 위한 배려가 바로 송도해수욕장을 새롭게 탈바꿈시키는 힘이 아니겠는가. 작은 배려에 감동이 밀려온다.

감동과 함께 밀려오는 파도를 따라 시선을 돌리니 새롭게 만들어진 해안산책로가 보인다. 송도해수욕장에서 출발해 해안을 따라 걷다 보면 송도 해안 볼레길을 만날 수 있다.

볼레길이라. 참 적절한 이름이다. 갈맷길, 해파랑길, 볼레길. 부산의 길 이름 시리즈가 정겹다. 송도해안 볼레길은 볼 것이 많아서 볼레길인 듯하다. 바다 건너 영도 해안의 절경과 바다 위에 한가롭게 떠 있는 배, 그보다 더 한가롭게 흐르는 구름과 그 모든 것들 사이를 자유롭게 흐르는 바람을 볼 수 있는 곳이니 어느 정도 그 의미가 통하는 것도 같다. 해안길을 따라 걷다 보면 전망대와 흔들다리, 낚시터를 만날 수 있다. 그렇게 재미있는 볼거리들을 따라가면 도착하게 되는 곳이 혈청소라 불렸던 곳이다.

송도해안산책로

처음 알았다. 혈청소가 두도공원(頭島公園) 안에 있었다는 것을. 부산 사람 중에서도 송도 혈청소에서 낚시를 해본 사람은 드물 것이다. 하지만 송도 해안 끝자락을 혈청소라 부른다는 것은 알 것이다.

두도공원(頭島公園)은 암남반도에서 남동쪽으로 500미터 떨어져 있는 두도에 조성되어 있다. 두도는 대부분 바위로 되어 있고, 바다 새들의 배설물과 둥지로 회색빛을 띠고 있다. 무인등대와 동백나무·삐죽이·해송 등이 자생하고 있다. 육지와 가까워 낚시꾼들이 많이 찾고 있다. 혈청소 옆에는 암남동 지역에서 가장 먼저

암남공원

생긴 모깃개라는 마을이 있었다. 지금도 이 지역을 모지포, 모짓개 또는 모치포 등으로 부르고 있다. 송도 남쪽으로 2킬로미터, 암남 반도의 끄트머리인 암벽해안 일대의 암남공원과 두도 섬의 두도 공원을 연계해 송도유원지로 발전하고 있다.

그러니까 암남동 일대의 생성 과정과 자연적 특성을 알게 해주는 설명이라 하겠다. 혈청소 안에 마련되어 있는 주차장은 암남공원 앞마당에 해당하는 모양이다. 두도공원과 나란히 암남공원이 자리를 잡고 있으니 말이다.

해안의 소나무 숲 사이로 바라다 보이는 바다풍경과 바다 위에 유유히 떠 있는 배들의 모습만으로 한 폭의 그림을 선사하는 곳이 **암남공원**이다. 천혜의 해안절경을 자랑하는 암남공원은 서구 암남동 산193번지 일원 진정산 일대의 자연공원으로, 온통 울창한 숲으로 둘러싸여 있고 해안선을 따라 바다를 바라보며 삼림욕을 즐길 수 있는 곳이다. 기암절벽의 전시장인 이곳은 최상의 도심 공원이기도 하다. 암남공원은 공원을 찾은 관광객과 낚시꾼, 운동을 하는 사람들로 늘 만원이다. 싱그러운 자연을 맞으러 나온 젊은 남녀들의 발걸음도 잦은 곳이다.

산책로를 따라 공원을 한 바퀴 둘러보는 데 소요되는 시간은 1시간 정도. 중간 중간에 전망대와 벤치가 있는 휴게광장에 이르면 탁 트인 바다를 시원스레 내려다볼 수 있다. 바로 눈 밑에는 손에 잡힐 듯 작은 섬 두도와 하얀 등대가 그림처럼 시야에 들어온다.

　고즈넉한 분위기를 연출하는 암남공원은 자연생태 공원이기도 하다. 도심 인근에 위치하여 천혜의 해안절경과 함께 삼림욕을 즐길 수 있는 공원이 지척에 있다는 것만으로도 이곳을 찾는 시민들을 마냥 즐겁게 한다.

　암남공원은 약 1억 년 전 형성된 퇴적암, 원시림, 100여 종의 야생화와 370여 종의 식물 등 도심에서 보기 드문 자연생태가 군락을 이루고 있으며, 해양성 식물이 자생하고 있는 것이 특징이다. 주변에는 낚시터, 전망대, 산책로 등을 갖추고 있다. 동쪽으로 부산 남항이 보이고 서쪽으로 감천항이 보인다. 거기다 남쪽은 한려해상국립공원이다. 육지 안으로는 국립수의과학검역원 부산지원이 있다. 자연과 더불어 여유를 즐길 수 있는 암남공원은 입장료가 없는 것도 매력이다.

암남공원 볼레길

통(通)하는 길 천마산터널

　　　암남공원의 매력을 다시 한 번 가슴에 새기며 **천마산터널**로 올라간다. 천마산터널을 만나기 전 천마산부터 살펴야 할 것 같다. 천마산은 그 빼어난 전망으로 사람을 놀라게 한다. 천마산에 오르면 부산항은 물론이고 멀리 낙동강 하구까지 보인다. 날씨가 청명한 날에는 대마도를 보는 것도 어렵지 않다. 일제강점기에 부산에 거주했던 왜인들이 대마도에서 오는 세견선과 팔송사를 기다렸다고 할 정도이니 천마산이 보여주는 조망의 정도를 확인하고도 남음이 있다.

　　　천마산에는 말을 키우던 목장이 있었다. 마치 하늘을 나는 천마와 같이 좋은 말을 키우던 곳이라 하여 천마산이라 했다. 그리고 봉수대가 있었다. 그 봉수대는 구봉산으로 옮겨졌다는 기록이 전한다. 그리고 석성(石城)이 있었다는 기록도 있다. 이 석성(石城)은 신라장군 이사부가 쌓은 성이라고 한다. 이사부가 금관가야를 정벌할 당시 금관가야의 식민국이었던 왜국이 금관가야를 지원할 것에 대비해 천마산에 석성을 쌓았다고 전한다.

이렇게 오래된 기록이 많은 이곳에 터널이 뚫린단다. 부산시는 2011년 12월 암남동 남항대교 밑 공영주차장부지에서 '천마산터널 기공식'을 개최했다. 천마산터널은 신항에서 녹산, 신호단지를 거쳐 을숙도대교, 남항대교, 광안대교를 지나 경부고속도로로 이어지는 해안순환도로망의 일환으로, 서구 암남동 남항대교에서 사하구 구평동 감천항 배후도로까지 건설될 계획이다.

천마산

부산시는 천마산터널 건설로 기존의 도심을 통과하는 교통수요를 분산하여 도심 교통문제를 해소하는 한편, 도로기능 활성화를 통한 물류비용 절감 및 교통서비스 수준 향상에 크게 기여할 것으로 기대하고 있다.

도심의 교통수요를 분산하게 된다는 일차적인 목적에 앞서 해안 순환도로망에 놓이는 유일한 터널이라는 것에 더 의미가 있어 보인다. 외각을 돌고 도는 외각순환도로야 얼마든지 있다. 그런데 그 외각을 이어가기 위해 바다 위에 다리를 놓고 산을 뚫어 터널을 놓는다니 참으로 대단한 기록이 될 것 같다.

천마산터널 공사구간은 산동네 중턱에 위치하고 있다. 산동네 중턱에서 진행되는 터널 공사이다 보니 그리 요란스럽지는 않다. 산복도로를 이용하여 공사장비가 이동하는 불편함이야 있겠지만 도심

천마산 조각공원

한복판을 수선스럽게 하지는 않으니 좋다.

천마산터널은 1.2킬로미터의 터널구간과 1.7킬로미터의 지하차도, 0.4킬로미터의 교량을 포함해 4차로의 자동차전용 도로로 건설된다. 터널이 개통하면 총 52킬로미터에 달하는 해안순환도로망이 완성되는 것이다. 2015년 완공을 목표로 한다니 북항대교와 맞아떨어지는 날이면 거제도에서 부산, 울산까지 바다 위를 달려 도착할 수 있을 것이다.

그날이 빨리 오기를 바라면 천마산 조각공원 입구에 앉았다. 이정표에 삼시 수눅 든다. 10리 길이라. 그런데 계산해보니 4킬로미터 정도다. 그렇다면 편안한 마음으로 걸어볼 만하다 싶다.

잠시 걷다 보면 전망대라 할 만한 곳이 나온다. 공식 이름이 전망대가 아니지만 전망대로 충분하다. 부산 시가지가 한눈에 들어온다. 용두산, 부산항, 영도, 북항대교, 오륙도는 기본이고 광안대교의 교각은 덤이다. 힘들이지 않고 올라도 이 정도의 전망이 보장되는 곳이니 다리품 팔 만하다.

멀리 하늘에서 말이 내려왔다는 전설의 천마바위와 45점의 아름다운 조각예술작품이 운해의 바닷속에서 그 평화로움을 선보인다. 해발 324미터의 아담한 산에 조성된 공원의 규모는 약 1만 6천제곱미터에 이른다. 기존 체육시설 주변으로 조각공원을 조성하여 작품 공모전 입상작품 20점을 설치하였다. 2003년에는 전국 10개 대학교수들이 추천한 초대작가 작품 25점을 추가배치하고 공원입구 정비,

산책로 정비, 공원 내 철쭉꽃 심기 등의 사업을 완료하였다.

예술을 감상하는 것은 개인의 자유다. 재미있는 조각품이 눈에 쏙 들어온다. 공원에서 보니 더욱 생동감 있다. 공원 주변에는 각종 체육시설과 산책로, 전망대, 쉼터 등의 편의시설이 있어 가볍게 몸을 풀기에도 적절해 보인다. 그러고 보니 학생들이 찾으면 더 좋겠다. 자연과 예술, 게다가 운동까지 경험할 수 있는 곳이니 날 좋을 때 우르르 몰려와 한나절 쉬었다 가도 될 것 같다.

부산시는 곧 천마산 조각공원에서 천마산로까지 모노레일을 설치할 계획이란다. 하긴 이 절경을 즐길 수 있게 하는 것도 나쁘진 않겠다. 환경과 관련해 아무 문제가 없다면 말이다.

학생들이 몰려가 놀기에 좋은 곳이 있다. 천마산 조각공원에서 감천 쪽으로 길을 잡고 내려가다 보면 만나게 되는 **감천문화마을**이다.

감천문화마을은 이름도 다양하다. 한국의 산토리니, 한국의 마추피추니 하는 유명한 이름을 별명처럼 달고 있지만 감천문화마을은 그리 화려하거나 즐겁게 바라보기만 할 수 있는 곳은 아니다.

부산의 산동네가 만들어진 것은 6·25전쟁 당시다. 한꺼번에 몰려든 수많은 사람들이 움막으로 얼기설기 만든 집들이 생겨나면서부터다. 비를 피할 정도로만 만든 집에서 사람이 살면서 부산의 산동네가 늘어난 것이다.

밤마다 불을 밝힌 산동네를 바다에서 바라보면 너무도 아름다웠

감천문화마을

다는 우스갯소리가 있을 정도였다니 얼마나 많은 집들이 산 위에 지어졌는지 짐작이 간다. 그렇게 감천에 만들어진 마을이 감천문화마을이란 이름으로 새롭게 태어났다.

특히 감천문화마을은 태극도 도인들이 이주하면서 만들어졌다는 독특한 이력도 포함하고 있다. 이들은 비록 경사면이지만 앞집이 뒷집에 가리지 않도록 질서 정연하게 집을 지었다. 그래서 산토리니니 마추피추니 하는 별명이 붙은 것이란다. 그리고 마을이 가로로 길게 만들어져 있어 기차마을이라는 별명도 있다.

감천문화마을은 최근 '감천문화마을신문' 을 발행하기 시작했다. 마을 주민들의 참여로 만들어진 문화마을답게 주민들이 기자란다. 가장 나이 많은 기자는 74세의 할아버지다.

산동네 마을의 공통점은 경사가 급하다는 것이다. 그러다 보니 차가 하늘을 향해 달리는 듯한 착각이 들기도 한다. 정말 차가 누워서 간다는 말이 맞을 것 같다.

감천문화마을에 들어서면 입구에 그려진 그림이 시선을 끈다. 벽면 가득 감천문화마을 입구를 그대로 그려놓았다. 그러니까 지나온 길이 벽면에 그대로 그려져 있다는 거다. 지나 온 길을 마주보도록 그려진 그림. 발상이 참 재미있다.

구석구석 설치된 조각품에도 마을 사람의 염원이 깃들어 있다. 처마에 앉은 난쟁이 인형은 분명 나보다 크다. 아스팔트 물받이 밑으로 달리는 오리 새끼는 지렁이를 먼저 차지하려 사투를 벌인다. 그렇게 구석구석 숨겨진 혹은 드러난 미술품에 빠져 걷다 보면 감천문화마을 아트샵에 도착하게 된다. 이 샵에는 문화 마을 팸플릿도 팔고 조그마한 기념품도 살 수 있다.

문화마을을 구경하다 보면 스탬프를 찍어주는 곳이 있다. 관광객이 스탬프를 모두 찍어 오면 마을 정상에 있는 '하늘마루'에서 엽서 두개 혹은 사진 한 장을 뽑아 준다.

팸플릿을 사게 되니 마을에 도움을 주어 좋고 마을 구경을 하고 나면 사진이나 엽서를 가지게 되니 또 한 번 좋다. 구경도 하고 기념품도 가질 수 있으니 일석이조다. 기막히게 좋은 생각이라고 느낀 것은 작은 것으로부터 의미 있는 것을 만들어내는 그 생각의 자유로움 때문이다. 거대하지 않아도, 화려하지 않아도 그 의미만큼은 충분히 화려한 발상들이 모인 이곳 감천문화마을의 매력이 된다.

벽화

집마다 색이 다르고 골목마다 생김새가 다르지만 이곳은 낡은 것의 거듭남을 운명적으로 증명하고 있다. 척박한 삶의 골짜기를 지나온 마을은 처음부터 문화적이었을 것이다.

색을 입지 않았던 옛날의 감천마을을 안다. 회색빛 담벼락에 쓰러져가는 지붕, 거기다 하나같이 지붕 위에 얹어놓은 것이 있었으니 바로 물탱크. 집집이 노랗거나 파란 물탱크를 머리에 이고 있는 모습은 얼음주머니를 머리에 감고 누워 있던 우리네 할머니를 닮았었다.

그래, 그런 느낌이었다. 팍팍한 길을 따라 올라가듯 가난한 그들의 모습은 감춰지지 않고 고스란히 드러나 있었다. 그런데 이제는 좀 다르다. 팍팍한 삶을 유쾌하게 드러내고 있다. 그렇게 행복하거나 즐겁지 않은 시간일 수도 있다. 하지만 그렇다고 뭐가 달라지나. 같은 값이면 색다르게, 같은 값이면 즐겁게 살아가라는, 너무도 일상적인 진리를 감천문화마을이 알려준다.

감천문화마을 카페

귀를 열고 살아야 한단다. 감천문화마을 북카페에 마련된 '감천 문화마을에 바라는 점' 이라는 설문지가 다시 생각에 잠기게 한다. 마을은 아직도 내 소리에만 귀 기울이는 사람들에게 타인의 소리에 도 귀 기울이라고 말하고 있다.

젊은 생각이란 별것 아니다. 낡은 것을 부수고 새로 만들지 않는 것이 새로운 생각이다. 있는 것을 새롭게 하는 것이 가장 어려운 일 인 듯 보인다. 하지만 감천문화마을을 보면서 느꼈다. 있는 그대로 가 진실된 것이고, 있는 그대로가 새로운 것이라는 사실을.

그래서 새롭다. 보이는 대로 보는 것. 그래야 아픈 곳을 발견할 수 있다. 아픈 곳을 발견하고 치유하면 새로운 생명의 기운이 생긴다. 감천문화마을에서 그 진리를 확인하고 돌아선다.

감천문화마을 골목 끝에서 몸을 돌리면 눈앞에 감천항이 있다. 감천에 항구가 있다는 것을 아는 사람은 그리 많지 않을 것이다. 부 산의 항구라 하면 재개발이 진행되고 있는 북항 정도라 생각할 것이 다. 그도 그럴 것이 감천항은 부산항에서 떨어져 있기 때문이다. 감 천항은 송도 암남공원 볼레길 끝에 위치하고 있고 감천고개를 넘어 신평으로 가는 길목 끝에 위치해 있다.

수산물 수출 단지가 감천항에 있다. 그래서 이곳은 거대한 냉동 창고가 즐비하고 오래된 원양어선과 그 승무원인 외국인 선원들이 몰려 있는 곳이며 참치와 같은 고급어종을 우리 식탁에 올릴 수 있 도록 손질하는 중요한 곳이기도 하다.

서남쪽 큰 바다에서 부산으로 들어오는 관문이 감천항인 셈인데 앞으로 북항이 재개발되면 감천항은 지금까지 북항이 수행했던 역할을 하게 될지도 모른다. 우리나라 수출 화물의 선적과 수산물 가공까지 도맡아서 하게 된다면 감천항의 역할은 실로 어마어마해질 것이다.

부산사람들도 알고 있긴 하지만 찾아가기 힘든 감천항에는 '외국인 선원 복지 교육원'이 운영되고 있다. 이곳은 부산 감천항을 이용해 입출항하는 외국인 원양선원들에게 휴식을 제공한다고 한다. 함께하기를 실천하는 것 같아 보기 좋다.

감천항

감천항 방파제에서 하는 낚시도 색다른 묘미이다. 큰 파도를 막을 수 있는 방파제가 길게 뻗어 있고 방파제 끝에 서 있는 등대와 테트라포드가 제법 먼 바다로 나온 것 같은 착각을 일게 한다.

어딘지 모르게 낯설고 이국적인 감천항 방파제에서 낚시를 하며 하루를 보내는 가족을 심심찮게 만날 수 있다. 학꽁치나 고등어를 주렁주렁 달아 올리는 낚시의 신이 있는가 하면 빈 고기통을 하염없이 바라보다 라면으로 허기를 때우는 사람이 공존하는 감천항의 모습은 진정으로 부산답다.

감천문화마을의 아름답고 예술적인 전경을 체험하고 느꼈다면 감천항 방파제에서 짭짤한 바닷바람에 간이 밴 라면 한 그릇과 커피 한 잔으로 허기를 달래보는 것도 부산을 느끼는 한 방법이 될 것이다.

철새들의 고향 을숙도대교

　　살아가는 데 필요한 것은 뭐가 있을까? 먹을거리, 잘 곳, 입을 것, 맞는 말이다. 하지만 사람이 살아가기 위해서는 무엇보다 인간이 살아갈 수 있는 환경이 필요하다. 환경이 화두인 시대. 부산도 예외는 아니다. 하지만 부산의 환경은 인간에 맞게 진화하고 있다. 어떻게 아느냐고? 부산이 자랑하는 을숙도에 철새가 살고 있지 않은가. 그뿐인가, 잘 보존된 모래톱이 하루가 다르게 발전하는 부산을 지켜보고 있지 않은가.

　　을숙도를 관통하면서도 철새와의 관계를 유지하고 있는 교량이 있다. 바로 을숙도대교다. 을숙도대교는 부산 신항 물류 수송의 원활한 처리와 국제교육의 활성화 및 지역 간 교류 증가에 부흥하고자 만들어졌다. 그리고 만성 교통체증 유발 구간인 하구언의 교통량을 분산시키기 위한 목적도 있다. 하지만 이 다리가 그런 역할만을

을숙도대교

하는 것은 아니다.

　서부산권의 균형 있는 발전과 함께 사람들을 자연 속으로 다가가게 하는 역할도 하고 있다. 개발이, 혹은 새롭게 무엇인가를 건설하는 행위가 자연과 함께하기란 그리 쉽지 않다. 잘 알고 있지 않은가. 늘 뭔가가 망가지고 뭔가가 사라졌다는 비판의 소리가 끊이지 않는다는 것을. 하지만 을숙도대교는 좀 다르다.

　을숙도대교는 '21세기 동북아 국제 물류 기지항인 부산 신항과 기존 부산항 간 항만물동량의 원활한 수송과 물류비용 절감을 위한 항만 배후도로 구축으로 국가 경쟁력을 키웠다. 또 동북아 물류 거점 및 국제 경제 활동의 중심지가 되는 부산, 진해 경제자유구역 주 진입로 건설로 투자 유치를 촉진하는 효과를 거두었다. 녹산, 신호단지 및 경제자유구역 등 서부산권 지역 출·퇴근 이용자의 편의를

을숙도대교

제공한다. 환경에 미치는 영향을 최소화하여 자연 친화적인 교량 건설의 모범 사례를 구축하였다.' 는 평가를 받고 있다.

하지만 그중에서도 가장 큰 의미는 바로 환경 관련 문제일 것이다. 을숙도대교가 쓰레기 매립장 위에 건설되었다면 믿겠는가. 믿기 어려운 이야기일 것이다. 하지만 을숙도대교는 1993년부터 1996년까지 부산에서 나오는 쓰레기를 매립한 매립장 위로 건설했다. 특히 1996년에 매립된 쓰레기 종류는 김해공항 활주로 공사에서 나온 부산물을 매립한 것이었다. 그런데 그 구간에 을숙도대교 교각을 건설한 것이다.

수년간 쌓여 있던 쓰레기를 들추어내고 공사를 한다는 것은 쉬운 일이 아니다. 그래서 선택한 방법이 폐기물 매립장에 물 흐름을 막는 차수막을 설치하고 폐기물을 완전히 파낸 후 그 빈 공간에 깨끗하고 점도가 높은 토사를 메워 기초공사를 한 것이다. 이 과정에서 파낸 폐기물은 압축하여 생곡위생매립장으로 전량 이적하였다. 번거롭고 까다로운 일이었지만 2차 피해를 막기 위해서는 어쩔 수 없는 과정이었을 것이다.

그리고 철새도래지 인근에서 공사가 진행되다 보니 철새 도래기간인 11월부터 2월까지는 공사가 중단되었다. 그러니 상대적으로 날씨가 더울 때 공사를 진행해야 하는 어려움도 있었다. 생각해보면 그 어려움이 납득이 간다. 긴 세월 매립된 쓰레기를 다시 파 올렸으니 그 악취며 유독가스가 어느 정도였겠는가. 하지만 그러한 문제를 해결하기 위해 다양한 공법을 사용했다. 영구적인 물막이 벽을 두껍게 설치해 침출수 유출을 막는 등 환경을 살리기 위한 노력이 돋보인다.

쓰레기를 옮기고 문제없이 해결하기 위해 노력한 것도 잘한 일이지만 무엇보다 철새도래지의 훼손을 피하기 위해 설계까지 변경했다니 참으로 어려운 결정을 내린 것이다. 수수깡으로 다리를 만들 때는 잘못된 부분이 생기면 잘라내서 다시 꽂으면 그만이지만 천문학적인 비용이 들어가는 교량 건설의 경우 조금의 변경이 엄청난 비용과 관련되므로 쉽게 결정하기 어려웠을 것이다.

이런 여러 가지 어려움 때문에 1993년에 만들기로 결정한 것이 2010년에서야 완공되었다. 무려 17년이란 긴 시간이 필요했던 것은 환경을 무시하면 안된다는 사명감 때문이었다. 즉 시간과 환경을 맞바꾼 것이다.

더 많은 시간과 노력 그리고 돈을 들여도 결코 다시 만나지 못할 환경을 지켜냈으니 그보다 큰 성과가 어디 있겠는가. 고맙게도 해마다 철새가 찾아온다. 철새가 온다는 의미는 말하지 않아도 안다. 철새들의 화려한 날갯짓은 곧 희망을 얘기하는 것이다.

재첩을 잡았단다. 모래톱이 아득하게 펼쳐졌다고 한다. 갈대숲 속에 앉으면 사람의 모습이 보이지도 않았단다. 대한민국 팔경에 들어가는 낙조도 있단다. 하늘이 반으로 나뉘어져 이쪽에선 비가 저쪽에선 해가 나기도 하는 곳이 을숙도다.

지금은 을숙도공원이란 공식 명칭으로 부르지만 늘 그곳에 있

었던 을숙도가 우리 곁으로 다가온 것은 그리 오래되지 않았다. 을숙도는 천연기념물인 낙동강 하류 철새도래지가 걸쳐 있기 때문에 보존을 위하여 건물을 세울 수 없다. 그래서 전역을 철새공원으로 지정해두고 있다.

을숙도는 낙동강을 따라 내려온 토사가 쌓여 만들어진 섬이다. 이곳은 김해군 소속이었다가 1978년에 부산으로 편입되었다. 을숙도 철새공원은 세 지구로 나누어 관리한다. 교육 이용지구와 핵심 보전지구 그리고 두 지구의 완충지구가 그것이다.

사람들이 이용할 수 있는 곳은 교육 이용지구다. 이 지역이 바로 을숙도다. 운동장과 도로가 만들어지고 뒤이어 문화원이 건립되었다. 지역 주민들이 자유롭게 이용할 수 있도록 마련된 공간으로 여유가 있다.

인공 잔디가 깔린 체육공원은 축구뿐만 아니라 다양한 스포츠를 즐길 수 있다. 그리고 단체 체육행사를 진행하기에도 무리가 없다. 지역마다 문화회관이 있지만 이곳 을숙도문화회관은 좀 부럽다. 사시사철 그 풍광이 다를 뿐만 아니라 그 풍광을 감상하는 데 아무런 걸림돌이 없다. 사방으로 펼쳐진 갈대숲뿐이니 시야를 가리는 게 없다. 봄이면 피는 어린 갈대 순에 여름이면 피어나는 낙동강 물안개, 가을이면 더욱 선명해지는 노을과 겨울이면 높아지는 청명한 하늘까지. 거기다 멋진 예술 공연이 함께하니 또 얼마나 좋을까.

을숙도에 독특한 건물이 하나 있다. 낙동강 하구 에코센터다. 건물 바깥 창에 맹금류 그림자를 붙여놓았다. 이른바 '버드 세이버

낙동강 하구 에코센터

(Bird Saver)' 로 맹금류인 매와 솔개 등의 모양을 가지고 충돌 방지용 스티커를 만들었다. 야생 조류가 빠른 속도로 날아다니다 고층 건물 유리창에 부딪혀 다치거나 목숨을 잃는 것을 막고자 만든 것이다. 유리창에 비친 하늘과 나무가 실제 모습과 비슷하기 때문에 충돌 사고가 많았던 모양이다. 새들에게 겁을 줘 근처에서 비행하지 못하도록 만든 것이지만 에코센터는 이 문양 덕분에 독특한 디자인이 가미된 건물로 각인됐다.

이전에 간간이 일어나던 조류 충돌사고가 버드 세이버를 부착한 이후 한 건도 발생하지 않았다. 이것만 봐도 인간이 조금만 배려하면 야생동물과 공존할 수 있다는 것을 알 수 있다. 낙동강 에코센터의 창문에서 섬세한 배려를 엿볼 수 있다.

　마음을 푸는 데 바람만큼 좋은 것은 없다. 을숙도공원에는 자전거 대여소가 많다. 가족과 함께 자전거를 빌려 을숙도공원 한바퀴를 돌아보면 그 싱그러운 자연에 감사하게 된다. 가끔 하늘 위로 지나가는 비행기들의 이름을 맞춰보는 것도 재미있다.

　낙동강 둔치에서 바라보는 낙동강의 물결과 그 물결 속에 비쳐진 아파트 숲도 그냥 풍광이 되는 곳이 바로 을숙도공원이다.

　새들과 함께한 시간 위에 예술과 문화가 덧입혀지고 사람의 공간이 쏙 들어와 풍경이 되는 을숙도공원에서는 꼭 누워서 하늘을 봐야 한다. 키 작은 인간의 시야를 가리지 않는 유일한 공간이므로.

　을숙도는 자전거 도로로 유명하다. 자전거 도로는 평지 구간에 마련되어 있다. 거기다 오른쪽에 낙동강을 끼고 달릴 수 있다는 장점이 있다. 편안하게 달리다 보면 나타나는 다대포. 부산 사람들뿐만 아니라 해운대나 광안리가 유명해지기 전 송도해수욕장과 함께 유명세를 탔던 곳이 바로 **다대포해수욕장**이다.

다대포해수욕장

다대포해수욕장은 1970년대 해수욕장으로 개장해 지금에 이르고 있다. 낙동강 이면에 있는 이곳은 낙동강을 따라 흘러내려 온 양질의 모래가 완만한 경사를 이루면서 만들어진 백사장이 있다. 수심이 얕고 수온이 높은 편이다.

다대포해수욕장은 낙동강 하구에 위치하고 있다 보니 예부터 국방의 요새였다. 다대동에 사람이 살기 시작한 것은 5~6천 년 전부터라 추정한다. 해수욕장 북쪽에 다대포 패총이 있는 것으로 보아 신석기시대부터 사람이 살았다고 추측한다. 다대포해수욕장 주위에는 몰운대가 있다. 몰운대에는 다대포객사, 정운공순의비가 있으며 부근에 윤공단이 위치하고 있고 중요한 문화재가 있어서 많은 관광객이 이곳을 찾는다. 이곳에 사는 주민들은 바다를 바라볼 수 있는 조망권을 완벽하게 확보한 몇 안 되는 주거단지로, 대한민국 최고라고 할 수 있는 몰운대 낙조를 매일 보는 특권을 누리며 살고 있다.

아름답기만 한 다대포도 아픔이 있다. 1987년 완공된 낙동강 하굿둑 때문에 해수욕장 기능이 축소된 것이 그것이다. 낙동강 하굿둑이 완공되면서 낙동강 유량 유입이 줄어들었기 때문이다. 그러다 보니 백사장은 물놀이를 하기보다는 소라나 게를 잡는 곳으로 변했다. 갯벌이 많지 않은 부산에서 갯벌과 같은 역할을 하고 있다고 하면 좀 위로가 될까. 긴 백사장 물길을 걷는 사람들의 평온한 표정이 노을에 물든다.

다대포 낙조를 제대로 보고 싶다면 당연히 아미산전망대에 올라야 한다. 낙동강 하구의 모래톱과 철새 그리고 낙조를 한 번에 조망할 수 있는 곳이다. 마을버스에 몸을 실으면 아미산 전망대까지 수월하게 갈 수 있다. 전망대의 위치가 이미 최고의 전망을 자랑한다.

이곳은 2011년 2월 개관했다. 낙동강 하구의 삼각주와 철새도래지, 낙동강 일대 강과 바다의 저녁노을 등 천혜의 자연 경관을 조망할 수 있도록 지상 3층 규모로 건립되었다. 소형풍력발전 모양의 가로등도 설치되었다. 부산시는 아미산전망대, 에코센터, 명지철새탐조대 등을 무료로 개방했다.

편한 마음으로 눈앞에 펼쳐지는 전망을 살펴본다. 멀리 모래톱이 보이는 걸 보니 낙동강 하구가 품고 있는 아름다움이 무엇인지 알 것도 같다. 김정한 선생의 소설 「모래톱 이야기」 속의 모래톱도 아름답다고 느꼈지만 눈앞에 펼쳐진 모래톱은 명성만큼이나 아름답다.

아미산전망대

도요등

144

‘등’ 이라는 지형에 대한 설명도 있다. 섬이 되기 전 단계를 ‘등’ 이라 한단다. 1986년부터 나타나기 시작한 ‘도요등’ 은 도요새가 많았단다. 도요등은 하구둑 공사 때부터 커지기 시작해 지금의 크기가 되었다. 나중에는 도요등과 육지가 만나 하나가 될 수 있단다. 땅이 커지는 건지 물길이 막히는 건지 알 수 없지만 뭔가 변화가 생기는 것만은 확실하다.

백합조개가 많이 난다는 ‘백합등’ 은 원래 두 개로 나뉘어 있었는데 시간이 지나면서 ‘ㄷ’ 자 모양으로 변했다고 한다. 강물이 흐르고 퇴적물이 쌓이니 모양이 변하는 것은 당연하다.

맹금류가 많았다는 ‘맹금머리등’ 은 하구둑 공사 때 을숙도 하부가 잘려 나와 생긴 것이란다. 그 모양이 무리지어 날아가는 철새 무리처럼 역동적이다.

이외에도 진우도, 대마등, 장자도, 신지도와 같은 섬들이 한눈에 보이는 아미산전망대는 노을 지는 저녁이 최고의 절경이지 않을까 싶다. 서쪽하늘을 향한 사람들의 얼굴이 붉게 변하고 노을을 품은 낙동강 물빛이 황금으로 변하는 모습을 볼 수 있다.

저녁노을이 깊어질 때까지 아미산전망대서 머물렀다면 이제 다시 다대포 바닷가로 내려와야 한다. 왜냐하면 다대포 낙조분수가 본 모습을 드러낼 시간이기 때문이다.

다대포 낙조분수의 공식 명칭은 **다대포 꿈의 낙조분수**다. 넓은 백사장과 한여름 젊음의 축제로 유명한 다대포해수욕장에 최

대지름 60미터, 둘레 180미터, 최고 물높이 55미터 세계 최대 수준
을 자랑하는 다대포 꿈의 낙조분수가 웅장한 모습을 드러낸다.

다대포 꿈의 낙조분수는 규모뿐만 아니라 부산에서는 처음으로
음악과 조명에 맞춰 물줄기가 춤을 추는 음악분수이기도 하다. 미국
라스베가스나 싱가포르 센토사 등지에서 볼 수 있었던 음악분수 공
연을 이곳 다대포 꿈의 낙조분수에서도 볼 수 있다. 또 평소에는 수
조와 노즐이 노출되지 않아 문화행사, 공연, 놀이시설 등 다목적 광
장으로 활용이 가능하다. 분수지만 시민들의 여가 및 휴식 공간 기
능과 함께 문화공간의 역할을 한다.

특히 음악과 함께하는 분수 쇼는 평일 1회, 주말 2회에 걸쳐 진행
된다. 그리고 앞으로는 음악뿐만 아니라 시민들의 감동적인 사연이
나 프로포즈로 꾸며지는 스토리텔링 분수 쇼가 마련될 예정이다. 또
여름이면 분수 쇼에 소형불꽃, 스모그 버블 등 특수효과가 더해진
다. 그리고 '섬머스콜타임' 이라는 분수 물놀이도 확대 운영된다. 다
양한 볼거리와 함께 세계 최대 바닥분수로 기네스 기록에 등재되어
브랜드 가치가 높아질 것이다.

다대포 꿈의 낙조분수

인간과 산업의 만남 신호대교

　　　　석양과 물줄기의 만남은 부산 다대포만의 궁합이다. 궁합이란 어울림을 뜻하는 것이니 다양한 어울림이 마련되기를 바라며 또 다른 어울림을 찾아 넘어간다.

　　부산과 용원, 거제도로 들어가기 위해서는 신호대교를 넘어야 하기 때문이다. 신호대교를 통해 넘는 것은 역시 낙동강이다. 낙동강을 지나는 여러 다리 중 신호대교는 서낙동강을 가로질러 강서구 신호동과 명지동을 잇는 교량이다. 1995년 4월에 착공해 1997년 12월에 완공되었다. 신호대교는 을숙도대교와 명지주거단지 그리고 신호 산업단지와 부산 신항을 연결하는 주요 교량이다.

　　교통과 산업을 어우르는 교량이지만 명지 오션시티와 만나고 있다는 것도 재미있다. 명지 오션시티는 삼면이 바다와 만나고 산책로에서 가덕도가 바라다 보일 정도로 가덕, 신항과도 가깝다. 녹산공단과 명지 오션시티를 연결하는 신호대교는 주거와 산업의 소통을 마련하는 어울림의 공간이라 할 수 있다.

　시에서 마련 중인 명품교량 사업의 하나로 신호대교도 곧 문화를 입힐 모양이다. 섬세한 야간 조명으로 은은한 밤길을 밝힐 예정이고 진우도 갯벌을 이용해 갯벌 체험도 할 수 있도록 할 예정이다. 이제는 어울려야 한다. 산업과, 자연과, 인간과, 놀이가 서로 다 떨어져 있었으니 이제는 좀 만나게 하고 어울리게 하자. 그런 어울림의 교량에 신호대교가 있어 가능하지 싶다. 산업과 주거를 만나게

© 곽정인

신호대교

녹산국가산업단지

하고 부산과 부산 외각을 만나게 하는 신호대교의 문화 입히기를
기대한다.

신호대교가 어울림이라는 문화를 입으면 부산의 대표 산업공단인
녹산국가산업단지도 주목을 받을 것이다. 부산지역 유일의 국
가산업단지인 이곳에 국제적인 브랜드 명칭과 심벌마크도 만들어
질 예정이다. 이곳의 친환경적 이미지와 혁신 산업 이미지를 구현할
새 이름과 심벌마크가 필요하다. 사실 녹산의 주력 산업은 조선과
금속이다. 이 두 산업 분야는 미래로 나아간다는 미래지향적 이미지
가 강한 브랜드 명칭이나 심벌마크의 디자인도 중요지 않을까 싶다.
산업단지의 시작과 끝은 교량으로 이어져 있다. 신호대교와 가덕
대교. 이 둘 사이에 놓여 있는 산업단지가 신항만과 만나 어떤 앞으
로 엄청난 시너지효과를 만들어낼 것이다.
부산 노동시장의 심장부 역할을 하고 있는 녹산국가산업단지에
대해 국내뿐만 아니라 외국에서도 관심을 보인다는 이야기는 뉴스
는 물론 다양한 매체를 통해 익히 듣고 있다. 밖에서 보이는 관심을
안으로 받아들일 수 있는 소통의 가교역할을 신호대교와 가덕대교
가 할 것이다.
미래는 산업을 산업으로만 보는 것이 아니라 인간이 살아가는 데
필요한 환경으로 본다면 진정으로 자연친화적이며 미래지향적인
공간으로 발전해나갈 것이다.

산업단지와 항구의 만남은 천생연분이다. 부산신항이 부산의 미래라 해도 지나친 낙관주의는 아닐 것이다. 부산신항의 거대한 규모와 녹산국가산업단지의 다양한 분야가 만났는데 뭐 좀 낙관하면 어떤가.

부산신항은 세계 최대 규모를 자랑한다. 컨테이너선의 대형화 추세에 맞춰 10,000TEU급 선박이 접안할 수 있도록 수심을 확보하고 있다. 그리고 초대형 갠트리크레인을 통합적으로 운영하는 시스템도 갖추고 있다. 원스톱 시스템은 신속한 화물처리를 통해 고객의 원가 절감에 기여하게 될 것이고 하역된 화물을 전국의 목적지까지 안전하게 수송할 수 있게 한다.

부산의 도로를 달리는 대형 컨테이너선을 보면서 '아, 부산에 왔구나.' 라고 느낀다는 외지인의 말처럼 부산 하면 부두, 부두 하면 컨테이너가 자리매김한다.

불 밝힌 신항만을 본 적이 있는가. 끝이 보이지 않을 정도로 펼쳐져 있는 크레인들이 불을 밝히면 그 어떤 도시보다 아름답다. 결코 쉬지 않는다. 세상이 멈춰 선다 해도 신항만의 물류는 쉬지 않고 이동한다. 그러니 밤이 따로 있을 수 없다. 녹산국가산업단지처럼 쉬지 않고 움직이는 부산신항도 부산의 심장이긴 매한가지다. 세계 모든 물류를 장악할 듯이 높고 넓게 뻗은 크레인 숲의 위용은 미래를 향해 나아간다.

부산신항

항만이란 풍랑을 막아주며 선박이 안전하게 드나들고 머무를 수 있도록 설비를 해놓은 장소다. 해상과 육상 교통의 연결이 편리한 곳에 사람과 화물을 싣고 내리기 위한 시설이나 물품의 저장 시설들을 갖추어놓은 곳이다.

배가 안전하게 드나들고 사람이나 짐이 오르내리기 편리하게 부두시설을 하여 수륙 교통의 연락 구실을 하는 곳을 항구라 한다.

그래서일까 부산 신항과 마주보는 곳에 진해 용원 항구가 있다. 용원 하면 회와 바다를 떠올리지 않을 수 없다. 어찌 보면 부산과 가까워 그 이름이 덜 알려진 것인지도 모른다. 용원 앞바다는 구수하다. 부산보다 그 규모가 작다는 것도 이유가 되겠지만 무엇보다 용원은 그 자체가 구수한 공간이다.

용원 선착장

용원 선창가에 가면 어시장이 펼쳐져 있다. 사시사철 해산물이 넘치지만 그 넘치는 해산물을 바가지로 퍼 담아주는 바닷가 아낙들의 너른 손이 마음을 구수하게 해준다.

특히나 세상을 몽땅 얼려버릴 듯 찬바람이 부는 겨울이면 어른 팔뚝보다 큰 대구를 맛볼 수 있다. 그것도 생각보다 저렴한 가격으로. 살이 오를 대로 오르고 알이 찰 대로 찬 대구로 탕을 끓이면 그 시원함은 이루 말할 수가 없다.

봄이면 벚꽃과 함께 용원 바닷가 수산센터에 들러 싱싱한 조개구이도 먹고 봄 도다리에 쑥국을 맛본다면 여행의 백미가 될 것이다.

바다 위의 길 가덕대교

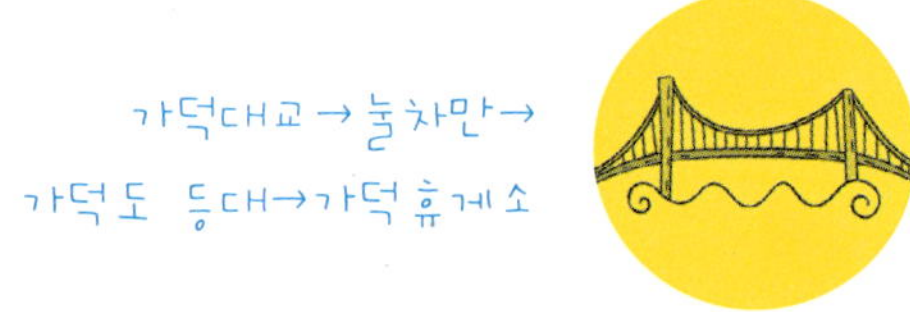

바다가 주는 풍요로움에 감사하다 보니 새로운 것들이 기다리고 있다. 새로운 것을 만난다는 사실은 무척이나 기분 좋은 일이다. 그것이 무엇이 되었건 간에 말이다. 진해 앞바다의 넉넉함을 닮았다고 해야 할까. 제법 높이 솟은 교각을 따라가다 보면 가덕대교가 보인다.

가덕대교는 부산의 녹산국가산업단지와 가덕도를 연결하는 교량으로 물동량을 원활하게 처리하기 위해 건설되었다. 특히 선박을 이용해 육지로 오가던 가덕도 주민들의 숙원사업을 해결해준다는 의미도 크다. 가덕대교를 달리다 보면 부산 신항을 한눈에 감상할 수 있다. 거대한 크레인도 눈높이로 볼 수 있고 축구장을 운운할 정도로 넓은 컨테이너선도 눈앞에 놓여 있다. 그래서 신기하다. 이렇게나 크고 새로운 것이 백악기에 형성된 땅 위에 만들어졌단다.

가덕대교가 만들어진 녹산과 가덕도는 백악기에 형성된 화강암이 분포된 지형이란다. 가덕도의 해발고도는 그리 높지 않지만 산의 경계면이 가파르다. 가덕대교를 건설할 때 높지 않은 산도 산이지만 깊지 않은 바다도 문제였던 모양이다. 썰물 때가 되면 바닥이 드러날 정도로 수심이 얕았단다. 수심이 얕다는 것은 퇴적층이 깊다는 뜻이고 다리의 기둥인 교각을 단단하게 고정해줄 바위층을 찾는 데 어려움이 많다는 뜻이다. 실제로 가덕대교 공사 구간의 암반층은 80미터 이상 땅 속을 파야만 나타났다.

가덕대교

늘차만

그렇다 보니 공사를 진행하면서 어려움이 많았다. 하지만 가덕대교는 새로운 기술이 포함된 다리다. 바다 속에 철 빔을 박고 콘크리트를 부어 만들었으니 그 튼튼함이야 오죽하겠는가.

그런데 인간이 극복해야 할 자연의 힘이 하나 더 있었으니 그것은 바로 염분이다. 상식으로 알고 있겠지만 철과 소금은 상극이다. 그러다 보니 바다에 다리를 만들 때 걱정해야 하는 것이 바로 염분에 의한 구조물 내부의 부식이다. 이것을 쉽게 말하면 소금기로 철근에 녹이 슬거나 교각 기둥이 삭아서 상부의 힘을 이기지 못하게 되는 것을 의미한다. 가덕대교는 이런 어려움을 티타늄 양극망이라는 것을 이용해 해결했다. 전기화학적 작용으로 내부 구조물의 철근 부식을 원천적으로 중지시키는 공법이다.

세월이 흐른다 해도 크게 걱정할 것이 없을 것 같다. 튼튼하게 유지하기 위해 최신 공법이 적용되었기 때문이다. 걸을 수 있게 된다면 가덕대교 상판에 올라가 힘껏 달려보고 싶다. 튼튼한 다리를 직접 디디는 맛은 어떤지 느껴볼 수 있도록. 혹시 아는가. 이번 명품 교량 사업의 일환으로 가덕대교 경사로에 인라인 점프대라도 설치할지. 그렇다면 젊은 친구들이 몰려들어 젊디젊은 가덕대교가 더 젊어질 것 같다.

이제 막 태어난 가덕대교가 젊어지길 희망하며 눌차만으로 내려간다. 가덕대교에서 눌차만으로 내려가면 눌차만을 한바퀴 돌 수 있는 갈맷길이 있다. 선창에서 출발해 눌차만을 한 바퀴 도는 동안 만나는 것들이 실로 대단하다. 독립운동가 김근도 선생의 흉상부터 대원군의 척화비까지 고스란히 품고 있는 마을은 옛스럽다. 유자밭도 있어 남해와 인접한 따스한 갯가임을 느낄 수도 있다.

눌차만에 썰물이 되면 갯벌이 펼쳐진다. 그 끝도 시작도 보이지 않는 눌차만 갯벌가에 겨울이면 동백이 피고 봄이면 유채가 핀다. 갯벌이 펼쳐진 세바지를 거쳐 눌차 국수봉 능선을 경유하면 정거마을이 나온다.

특히 눌차만은 웅덩이가 많기로 유명하다. 우리나라에서 단위 면적당 웅덩이가 가장 많은 곳이 눌차란다. 웅덩이는 경지가 정리되면서 수로로 바뀌었는데 가덕도에는 여전히 웅덩이가 많다. 논농사를 지을 때 필요한 웅덩이는 자연친화적이라 새우와 개구리가 살고 있고 가끔은 송사리와 말똥게 등이 논에서 벼와 함께 살 수 있게 해준다.

썰물이 되면 갯벌이 펼쳐지는 눌차만

정거마을은 생태체험마을로 휴일이면 아이들 발길이 끊이지 않는다. 웅덩이와 생태적 가치가 높은 생명체들이 모여 있어 신비로운 체험도 하고 생물학적 지식도 얻어 갈 수 있다. 가덕대교가 생기면서 오고 가기 편리해져서 눌차만 주민들은 소원을 이루었겠지만 가끔 찾아 자연을 즐기려는 방문객들은 아쉬워한다. 발전이란 이름을 다르게 쓸 수 있도록 힘을 모아야 할 것 같다. 다양한 개념의 발전이 있지 않은가. 복원과 공유라는. 부산이 새롭게 깨닫고 있는 발전으로 눌차만을 살린다면 가덕도로 들어오는 가덕대교가 고마울 따름이다.

가덕도는 높은 산이 많고 경사가 급하다. 몇 개의 봉우리가 있는데 연대봉, 삼박봉, 웅주봉이 그것이다. 이들 세 개의 봉우리는 급한 경사면 때문에 실제보다 높게 보이기도 한다. 해안은 동쪽과 남쪽이 단조로운 반면 서쪽과 북쪽은 드나듦이 심하고 북쪽을 제외한 대부분이 가파른 절벽이다. 가덕도 대부분의 주민이 농업에 종사한다. 특히 양파는 맛이 좋기로 유명하다. 바다 가운데 있는 섬인데 농사를 짓는다니 의외다. 사실 가덕도는 가깝지만 먼 곳이었다. 이곳의 가덕도 등대는 긴 세월 동안 그 명성을 유지하고 있다.

가덕도 등대는 가덕 해안로에 있다. 대항동의 끝자락에 위치하고 있는데 그곳에서 불을 밝힌 세월이 백 년을 넘는다. 조선시대부터 봉화를 올려 뱃길을 안내한 연대봉 등 고대 역사를 간직한 섬에 지금과 같은 근대식 등대가 불을 밝힌 것은 1909년 12월이다. 그러니까 가덕도 등대는 대한제국 때 건립한 41개의 유인(有人) 등대 중 하나이다.

대부분의 등대가 등탑과 부속사를 별도로 건립하는 것과 달리 8각형의 등탑을 부속사의 중앙에 올려 세워 등탑과 부속사를 단일 건물로 구성한 것은 상당히 이례적인 경우이다. 기초와 기단부는 콘크리트로, 벽체는 적벽돌로 쌓았고 등탑은 콘크리트로 쌓았다. 그리고 그 위에 원형의 점등실을 유리와 철제로 제작하였다.

지붕은 함석으로 만들었고, 외벽은 백색 페인트칠을 했다. 난간벽은 적벽돌로 쌓아 올려 고딕건축의 첨탑 모양으로 만들었다. 그리고 외벽 창문은 중세 성관(Chateau) 건축에 사용된 르네상스 풍을 떠올리게 한다. 또한 현관 캐노피 지붕은 고딕건축의 첨탑식 지붕에 한국 전통건축 양식을 사용하는 등 동·서양의 건축 요소가 혼합되어 있다.

가덕도 등대는 특히 부산지역의 근대건축 도입 과정을 확인할 수 있는 중요한 단서일 뿐 아니라 한국근대건축사에서 결코 소홀하게 취급될 수 없는 부분이라 생각된다. 가덕도 등대는 근대 건축기법을 사용한 초기 건물 중 하나로 보존상태가 양호하여 상당 부분 원형을 잘 간직하고 있다. 그리고 당시의 건축기법을 알 수 있다는 점에서 역사적, 건축사적으로 가치가 돋보이는 문화재라 할 수 있다.

가덕도 등대의 건축학적 의미와 역사적 가치도 가치지만 그 접근성은 더 의미 있다 하겠다. 가덕도 등대는 일반 시민에게 공개될 뿐만 아니라 신청하면 1박을 할 수도 있다. 부산지방 해양항만청 홈페이지에서 신청하면 된다. 그런데 군사지역인지라 한 달 전에 신청해서 당첨되어야 한다는 점이 중요하다. 비용은 무료다. 백 년이 넘은 등대를 바라보며 하룻밤 잠을 잘 수 있다는 것도 좋은 일이지만 등대가 뱃길을 어떻게 밝히는지 직접 목격하는 것도 소중한 경험일 것이다.

가덕도 등대

등대에서 하룻밤 잘 수 있다는 말에 귀가 솔깃했지만 목적지를 찾아 떠나야 하는 현실을 받아들여 가덕휴게소로 들어갔다. 가덕휴게소는 여느 휴게소와는 사뭇 다르다. 왜냐하면 드넓은 남해바다를 정원으로 품고 있기 때문이다.

2010년 거가대교를 개통하면서 함께 문을 연 가덕휴게소는 거가대교와 함께 명성을 올리고 있다. 해저터널 구간 진입로 옆에 위치한 가덕휴게소는 무엇보다 그 전망이 일품이다. 사실 거가대교 해저터널 구간에 대한 환상을 가진 사람들이 많았다. 가덕휴게소가 그 환상을 대신해주는 부분도 없지 않다.

현대적 감각의 건물이 세계 최고 수심을 자랑하는 해저터널 입구에 놓여 있으니 이 또한 서로 어울린다. 휴게소에 전망대를 설치해 남해 바다를 조망할 수 있도록 배려한 것 또한 가덕휴게소만의 볼거리다.

같은 값이면 다홍치마라 했다. 휴식을 위해 찾아가는 곳이지만 풍광과 어울리는 건물과 조경이 함께한다면 들러서 쉬는 사람도 즐겁고 그곳에 근무하는 사람은 물론 그곳을 만든 사람들도 자부심을 가질 수 있을 것이다.

부산에서 거제도로 들어가는 방향에 위치한 가덕휴게소도 앞으로 변화를 줄 모양이다. 휴게소이지만 휴게소가 아닌 곳. 가덕휴게소는 그런 곳이다. 잠시 휴식을 취하고 떠나기에는 뭔가 아쉬움이 남는다고 해야 하나? 그래서 가덕휴게소 주변을 관광 인프라가 있는 곳으로 탈바꿈시킬 계획이란다.

해저터널

그렇게 되면 아쉬움을 털고 일어나던 지금을 회상하겠지. 아니면 좋은 자리를 선점하기 위해 경쟁이 벌어질지도 모르겠다. 맛있는 먹을거리와 뛰어난 풍경에 더해 진정으로 편안하고 안락한 휴식을 취할 순간을 기대하며 해저터널로 들어가야겠다.

바다 속의 길 거가대교

세계 최대 수심. 세계 최장 함체 길이. 세계 최초 3주탑 연속 사장교. 세계 최초 외해 건설(파도, 조류, 바람이 심함). 세계 최초 2중 포인트 함체 연결. 거가대교에 붙은 5대 세계 최초 항목이다. 전문가가 아니어서 모든 것을 이해할 수 없지만 어찌되었건 세계 최초로 이루어낸 항목이 다섯 가지나 된다니 최고는 최고인 모양이다. 세계 최대 수심이라. 해저터널 구간을 달리다 보면 안다. 친절한 안내판이 안내를 해주니까. 해저 48미터라는 네온사인을 바라보면서도 실감하지 못하는 깊이다. 세계 최장 함체 길이란 바로 해저터널 구간의 길이를 의미한다.

바다 밖에서 함체를 만들어 옮겨와서는 제 위치에 가라앉혀 만들었다는 침매 구간의 길이가 세계 최장이라는 의미이고 또 하나는 그렇게 물에 담긴 침매 구간을 서로 연결했다는 세계 최초도 있다. 물

거가대교

밖으로 나오면 거가1·2교의 사장 주탑이 곡선으로 이어져 있고 이것 역시 세계 최초라는 뜻이다. 그 어떤 세계 최초보다 의미 있는 것은 아무래도 세계 최초 외해 건설이라는 부분일 것이다.

무엇을 하든 환경이 중요한 것이다. 어떤 환경이냐에 따라 방법이 바뀌는 것이니까. 거가대교 공사구간은 최악의 조건에서 공사가 진행된 것으로도 유명하다.

바람과 비, 그리고 조류의 흐름 때문에 일 년 중 공사 가능한 날짜가 달랐다고 한다. 거제의 경우 해상에서 340일, 육상에서는 323일만 작업을 할 수 있었다. 부산의 경우 해상은 291일, 육상은 301일만 작업이 가능했다. 그러니 공기를 맞추어야 하는 작업 담당자들은 실로 피가 말랐을 것이다.

바다 위에서 작업을 해야 했기 때문에 작업일을 결정하는 기상조건은 매우 중요했다. 실제로 제작이 완료된 침매터널을 이동해 오기 위해 지난 삼십 년간의 기상 기록을 분석하여 날씨가 가장 안정적인 날 택했다. 그러고도 이동이 그리 쉽지 않아서 작업 관계자들은 한시도 긴장을 늦추지 못했다.

거가대교는 사장교에 속한다. 사장교란 2차 세계대전 이후 교량에 들어가는 재료를 절감하기 위해 고안해낸 방법이다. 주탑을 상판과 케이블로 연결하는 기법으로, 교각의 숫자를 줄여 다리 크기를 줄일 수 있어 하천이나 계곡 혹은 해협과 같은 곳에 많이 쓰인다. 선박의 이동이 잦은 구간에도 사용하는데 이는 수면과 상판의 거리 조절이 용이하기 때문이다. 거가대교는 특히 주탑을 다이아몬드형으로 만들면서 안정성을 확보하기 위한 노력이 필요했다고 한다. 다이아몬드형을 고집한 것은 미적인 요소 때문인데, 같은 값이면 다홍치마를 주탑에도 적용한 셈이다.

해상의 교량 구간이 이처럼 어려웠으니 수중의 터널 구간은 오죽했겠는가. 낯선 이름 '침매'에 모두의 이목이 집중되었다. 침매터널이란 육상에서 만든 함체, 즉 콘크리트 터널 부분을 운반해 와서 그것을 바다 밑 지반에 차례로 가라앉혀 연결해 만드는 공법이다.

침매터널은 수심 48미터로 세계 최고 깊이다. 대형선박이 해저터널 구간을 지날 때 사고 위험이 없도록 하기 위해서 결정한 깊이란다.

어려운 이야기들이 많았지만 어찌되었건 세계 최고의 기술로 세계 최대 깊이의 세계 최장 해저터널 구간을 만들었다는 것 아닌가. 그래서 우리가 바다 속을 달려 거제도까지 빠르게 갈 수 있게 된 것이고.

아쉬움이 많다는 걸 안다. 바다 속이 훤히 보이는 터널이길 다들 바랐을 것이다. 그런데 밖이 보이도록 시공했다 하더라도 수심이 깊어 보이지 않을뿐더러 시야가 흩어지면 운전자가 위험할 수 있다는 세심한 배려이니 좀 아쉬워도 이해하기로 하자.

조금 있으면 거가대교 침매 구간도 멋있게 바뀔 수도 있겠지. 내벽에 수족관이라도 만들어진다면 얼마나 아름다운 공간이 될까? 기다려보자. 세계 최고의 교량과 해저터널의 변심을. 그렇다면 우리는 좀 여유를 가질 필요가 있지 않을까.

거가대교의 개통은 그 지역 주민들의 삶에 많은 변화를 주었다. 시간을 정해놓고 운행하는 선박에만 의지했던 가덕도 주민들은 이제 그 어떤 것에도 방해받지 않고 부산이나 거제로 나갈 수 있게 되었다.

경관이 수려한 가덕도에 밤낚시를 떠나기도 그만큼 수월해져 부산에 살고 있는 강태공들이 방앗간 드나드는 참새처럼 가덕도를 드나든다. 휴일이면 늦은 아침을 먹고 부산으로 나들이 나오는 거제 주민들도 많아졌다. 3시간씩 고속도로를 달려야 했던 과거와는 사뭇 달라진 지금의 환경에 거제도 사람들도 흡족해하고 있다.

하긴 거가대교를 이용해 부산으로 나와 간단한 회식을 하는 회사도 있고 가족단위로 저녁을 먹기 위해 거제도로 가는 부산 시민들도 있다니, 우리는 원한다면 무엇이든 할 수 있는 마술 같은 시간을 살고 있는 셈이다. 힘들게 완공한 다리지만 그 다리가 실로 많은 것을 변화시키고 있다.

　가끔은 호사스러운 사치를 부려볼 수도 있다. 마음이 울적한 날 훌쩍 어딘가로 떠나고 싶다면 거가대교를 건너 거제도를 한 바퀴 돌고 돌아오는 것도 좋을 것이다. 거기다 뭔가 의미 있는 사색을 하고 싶다면 통영에 들러 박경리 선생과 관련된 흔적을 찾아보는 것도 가능하다. 윤이상 선생님의 흔적이 남아 있는 통영문화회관 앞뜰에서 노을을 감상하는 것도 나쁘지 않을 것이다.

　노을에 젖어 동양의 나폴리를 눈에 담고 돌아온대도 그리 오랜 시간이 걸리지 않는다.

　"낙동강 하구 명지의 정취, 싱싱한 전어회, 잡숴보이소!" 언제부턴가 명지 하면 '전어' 로 통하고 있다. 사실 가을전어를 마음껏 맛보려면 매년 **명지시장**에서 열리는 '명지시장 전어축제' 에 가면 된다. '가을전어 머리엔 깨가 서 말, 집 나간 며느리도 돌아온다.' 는 속담처럼 전어는 다른 활어보다 맛이 뛰어나다. 명지시장 전어축제에서는 싱싱한 전어회를 싼 가격에 마음껏 먹어볼 수 있는 것은 물론 명지시장 상인들의 회 썰기 시범, 무료 시식회 등을 체험할 수 있다. 명지시장은 약 50년의 전통을 지닌 부산 강서지역의 대표적 재래시장으로 5일장과 새벽시장을 거쳐 30년 전부터 부산의 명물 활어시장으로 그 면모를 갖추어가고 있다. 명지의 또 하나 명물이 바로 대파다. 우리나라 대파 생산량의 70%를 차지하고 있다는 명지대

파는 명지에 들어서면 드넓게 펼쳐진 대파 밭에서부터 알 수 있다.

그렇지만 옛날 명지의 특산품은 소금이었다. 명지동의 넓은 대마 등은 소금 만들기에 적합한 장소였다. 그러나 일제강점기 수지타산이 맞지 않아 대부분의 소금 생산지는 문을 닫고, 결국은 영원히 사라지고 말았다.

명지동은 낙동강 하구 삼각주 최남단에 있다. 육지와 연결되기 전에는 섬이었다. 그러니 물과 관련된 작물이나 명성이 높을 수밖에 없었을 것이다. 지금처럼 농지가 되기 전에 온통 갈대밭이었다. 그러던 곳에 마을이 생기고 사람이 살기 시작한 것은 약 500년 전쯤이다. 매월 5일과 10일 장이 열렸는데 녹산장, 하단장과 함께 번화하기로 소문난 장이었다. 이곳에서 사고 팔리는 물건들이 돛단배에 실

명지시장

려 안동까지 올라가기도 했단다.

그렇게 활발했던 시장이니 지금도 그 명성이 자자하다. 명불허전이라고 명지 시장을 알고 있는 어르신들은 일부러라도 찾아가 시장의 질펙함을 즐기곤 한다. 장도 보고 맛난 회에 소주 한 잔도 걸칠 수 있는 명지시장은 언제까지나 이어질 것이다. 명지로 오는 길이 더욱 수월해졌으니 그 명성이 한층 더할 것이다.

낙동강 하구언과 전망대

명지로 들고 나는 첫 번째 길은 **낙동강 하구언**이다. 말도 많고 탈도 많은 하구언이지만 지금은 명지와 녹산 그리고 용원으로 들어가는 데 요긴한 다리 역할을 하고 있다. 낙동강 하구언은 홍수를 통제하고 바닷물 유입을 차단하여 부산, 경남 일대의 식수와 공업용수로 활용하기 위해 1987년도에 준공된 콘크리트 댐이다.

사실 지금도 낙동강 하구언을 개방해야 한다는 목소리가 높다. 면밀히 살펴서 결정할 일이겠으나 사람과 자연이 하나가 될 수 있도록 해야 한다는 것은 분명해 보인다.

낙동강 하구언은 그동안 교량의 역할을 잘해왔다. 하지만 녹산국가산업단지가 생기고 북항이 건설되면서 늘어난 교통량을 감당하지 못해 새로 확장했다. 왕복 4차로를 6차로로 넓히니 숨통이 좀 트였다.

넓은 도로를 따라 낙동강을 굽어보며 자전거도 타고 산책도 할 수 있게 되었다. 을숙도 철새도래지까지도 수월하게 이동할 수 있고 강변로 진출입이 편안해져 부산 다대포에서 양산 물금까지도 쉽게 갈 수 있게 되어 부산 사람들의 이동도 수월해졌다.

이동이 수월하다는 것은 편리하다는 것이고 편리하다는 것은 마음에 불편함이 없다는 뜻이다. 낙동강 하구의 넓어진 도로 덕에 부산 사람들의 마음도 한결 편안해졌을 것이다. 낙동강 하구를 오고 가는 부산사람들의 편안한 마음이 이웃 도시로 옮겨지기를 기대해 본다.

서 있지 않는 것들, 앞으로 달려가는 것들이 보여주는
새로운 시간이 기대되어 새삼스럽게 설렌다.

Part 02
길 위의 길

기찻길 옆 오막살이가 있었다. 기차소리 요란해도 잘도 자던 아기는 이제 중년이 되어 그 옛날 기찻길을 찾았다. 덜컹거리는 기차소리가 멀리서 들려올 때 가슴이 설레는 것은 기차가 품고 있는 그 아련한 기대감 때문일 것이다. 지금도 출발을 알리며 힘차게 철컥거리는 기차소리를 들으면 배낭을 둘러메고 어디로든 떠나야 할 것 같은 기대감으로 들뜬다.

사실 요란한 기차소리에도 깊은 잠에 빠져 있었던 것은 그 소리에 맞춰 꿈을 꾸었기 때문이다. 집으로 돌아온 아빠의 손에 들린 선물 꾸러미를 펼쳐 보는 꿈. 언니 오빠와 함께 기차를 타고 시골 할머니댁으로 떠나는 꿈. 그 꿈에는 꼭 재잘거리는 예쁜 언니와 삶은 계란을 아껴 먹으며 다리를 흔들던 오빠도 있다.

　그 꿈의 끝에 새롭게 단장한 부산역사가 나타난다. 서울과 부산을 3시간 안에 오고 가는 고속열차, 그 열차에 어울리는 최첨단 기차역이 푸른 바다 앞에 펼쳐져 있다. 최첨단 기차역이든 초고속 열차든 그것이 달리는 한 우리의 현재도 앞으로 나아가는 것이다.

　서 있지 않는 것들, 앞으로 달려가는 것들이 보여주는 새로운 시간이 기대되어 새삼스럽게 설렌다. 살아 있는 것만이 품고 있는 신선함을 향해 달려가 보자.

부산의 문 부산역

부산역 광장에 들어서면 음악 분수대가 시원한 물줄기를 쏟아내고 감미로운 음악이 흐른다. 부산역 광장에 있는 이 모든 것들은 여행객의 마음을 여유롭게 하기에 충분하다.

화려한 외장을 자랑하는 부산역 역시 시작은 초량역에서 조촐하게 출발했다. 1905년 경부선이 개통되고 초량에 있던 부산역을 지금의 자리로 옮겨 현재까지 이어오고 있다.

1910년 르네상스식 근대건축물로 우뚝 솟은 부산역은 안타깝게도 1953년 역전 대화재로 남김없이 다 타버렸다. 지금은 그때의 흔적을 찾기 어렵지만, 6 · 25전쟁 당시 만남과 헤어짐이 이어지곤 했던 부산역은 지금도 여전히 이별과 만남의 장소다.

서울에서 출발해 2시간 50여 분 만에 부산역에 도착하는 KTX 열차는 그 속도만큼이나 빠르게 사람들을 서울로 불러 나르고 부산으로 데려온다. 금요일 저녁이면 부산으로 돌아오는 가장들의 무리가 대합실을 가득 메운다. 가족과 달콤한 만남에 함박웃음 지으며 집으로 돌아가는 이들의 어깨에서 고향의 정겨운 바닷바람이 불어온다.

부산의 바닷바람은 삼삼오오 몰려다니는 일본인 관광객은 물론이고 자신의 몸집만큼이나 큰 가방을 밀고 다니는 중국인 관광객과 부산을 찾은 수많은 외지인들을 반갑게 맞이한다.

대륙횡단 열차의 출발지이자 종착역이 되어줄 부산역은 지금 이 시간에도 쉬지 않는다. 아시안 하이웨이가 시작되는 출발점이자 종착점인 부산역은 늘 그래 왔던 것처럼 부산의 문이다. 세계를 향해 활짝 열려 있는 우리나라의 관문.

부산역의 또 다른 묘미는 부산역 맞은편에 있는 상해거리와 외국인 거리를 돌아보며 이국적인 볼거리와 맛있는 중국 음식도 맛볼 수 있다는 데 있다. 영화 〈패왕별희〉의 시투와 두지가 당장에라도 경극 공연을 펼칠 것 같은 상해거리는 차이나타운 축제로도 유명하다. 코 큰 왕 서방이 툭 불거진 배를 흔들며 거리를 활보할 것 같은 상해거리.

이곳 **상해거리**는 1884년 청국영사관이 설치된 이래 청국전관 조계지였던 청관마을이었다고 한다.[7] 청국영사관 자리를 중심으로 상가가 형성되고 번성하자 이곳을 청관이라 부르게 되었단다. 그러나 청일전쟁이 끝나자 청국상권이 쇠퇴하게 되고 중국인 다수가 본국으로 돌아가면서 청관은 위축된다. 그리고 1913년 일본과 양국

부산역 밤풍경

상해거리와 외국인 거리

간에 체결된 재한청구거류지폐지협정으로 청국 조계지는 폐지되었지만 소유권은 인정받게 된다. 결국, 남은 이들은 광복 후에도 청관에 계속 거주하면서 차이나타운을 건설하게 된 것이다. 그리고 화교 소학교와 중·고등학교를 개교하기에 이른다.

남의 나라에서 자기들만의 터를 닦고 살아가기란 그리 쉬운 일은 아닐 것이다. 세계 어디서나 기세를 떨치는 화교 집단이지만 부산에서는 예외였던 모양이다. 지금까지 상해거리를 유지하며 살아가고는 있지만 그 규모는 소박하다.

그러나 그 인지도는 상당하다. 여러 영화의 배경으로도 유명하지만 차이나특구 축제 역시 볼 만히디. 일 년에 한 번 상해거리뿐만 아니라 부산역 광장에서도 축하공연과 각종 행사를 진행한다. 축제 기간에는 맛있는 고량주와 짜장면을 저렴한 가격에 맛볼 수 있고 중국 전통문화를 직접 체험해볼 수 있는 행사도 마련되어 있다. 행사에서 느껴지는 활기와 여유로움은 중국인 특유의 감성에서 나오는 것일지도 모른다.

100년이 넘는 시간이 흐르는 동안 처음의 터를 잃지 않고 살아가는 그들의 모습에서 하나 된 민족의 힘을 만나게 되는 것도 같다.

골목 하나를 사이에 두고 이쪽은 상해거리, 저쪽은 **외국인 거리**라 불리는 곳이 바로 부산역 맞은편에 있는 초량 골목이다. 6·25전쟁 이후 중앙동에서 번성했던 텍사스촌이 부산역전 대화재 이후 지금의 외국인 거리로 이전하면서 이곳은 한때 텍사스 거리라 불리기도 했다. 해방 이후 미군정기를 거치고 전쟁을 치르면서 미군을 상대로 하는 홍등가가 생기게 된 것이다.

그러나 부산의 관문에 홍등가가 있다는 것은 수치스러운 일이라고 생각한 상인들이 전업하여 지금의 외국인 거리는 옷가게와 신발가게로 가득하다. 이곳에서는 쇼핑하는 러시아인, 휴일 한 때를 보내러 나온 외국인 근로자뿐 아니라 외국인 거리와 상해거리를 구경하려는 외지인들의 모습을 쉽게 찾아볼 수 있다.

외국인 거리의 상점들

여러 나라의 문화가 섞여 독특한 분위기를 자아내는 이곳에도 일제강점기 시기의 흔적이 남아 있다. 그 흔적을 간직하고 있는 곳은 한때 명태고방이라고 불리던 남선창고와 백제병원이다. 초량 객주에서 십시일반으로 돈을 모아 지었다는 남선창고는 부산 최초의 창고이자 부산에서 가장 오래된 건물이기도 했다.

남선창고는 1900년대에 벽돌로 지어진 건물로, 부산 최초의 근대식 물류창고다. 남선창고가 지어지게 된 것은 부산항 개항 이후 개항지를 이용해 이동해야 하는 물품이 늘어나고 그것을 위탁 판매하는 물산객주가 성행했기 때문이다. 거대 자본이 물자를 부산역으로 실어 나르면 그것은 경부선을 이용해 진국 각지로 팔려 나갔다. 이때 많은 물품을 보관할 수 있는 창고가 필요하게 되었고 당시 창고에는 명태, 미역, 인삼, 곡물 등 다양한 물품이 보관되어 있었다고 한다.

남선창고는 해방 직전까지 명태가 산더미 같이 쌓여 있어서 개구쟁이들이 명태 눈알을 빼먹는 재미가 쏠쏠했단다. 당시 부산에 사는 아이들치고 남선창고 명태 눈알 한 번 안 빼먹은 아이 없다는 말이 나올 정도였다고 하니 물량이 풍부하긴 했던 모양이다. 하지만 지금은 철거되어 한 쪽 벽면만 남아 '그런 일이 있었노라'고 전해질 뿐이다.

백제병원은 아직 자리를 지키고 있다. 처음 백제병원이 지어질 당시만 해도 건물 자재인 벽돌 하나하나를 종이에 싸서 일본으로부터 수입했다고 한다. 당시 부산의 서양식 벽돌건물은 상품진열관, 일신여학교, 부산역, 부산우체국, 부산세관, 일본육군 운수부, 초량 교회 등이 있었다. 그러나 이러한 건물은 공공건물이었고 개인이 지은 건물은 아니었다.

그러니 서양벽돌건물, 그것도 5층짜리 백제병원은 당시 단연 최고라 할 수 있었을 것이다. 개인의 재력을 보여줄 수 있는 어마어마한 규모 때문에 유명세도 많이 탔단다. 유명세란 부질없는 것이긴 하지만 말이다. 결국, 백제병원 초대 원장이 과도한 채무에 시달리다 소위 말하는 '야반도주'를 했다니 참 돈이란 알다가도 모르겠다.

그러나 백제병원 개원 당시 건물을 구경하기 위해 많은 사람들이 몰려들었다니 그때를 짐작해봄직도 하다. 아마도 당시 가장 으리으리한 건물을 가진 사람을 보기 위해서 모여들었을 것이다. 영원하지 못했던 돈과 달리 건물은 지금도 그 모습을 유지하고 있지만 여기저기 파손되고 낡아가고 있어 안타깝다.

남선창고와 백제병원

시간의 교차로 범일역

　　낡아가는 백제병원의 잔상을 머리에 담고 경부선 기찻길을 따라 이동하다 보면 **범일역**을 만나게 된다. 덜컹거리는 완행열차를 타본 사람은 누구나 꿈꾸었을 것이다. 저 철길 위를 걸어볼 수 있다면, 어느 영화에서처럼 사랑하는 연인과 하늘을 향해 두 팔을 벌리고 철길 위에서 바람을 맞이볼 수 있으면 좋겠다고.

　그렇게 걸어볼 수는 없어도 욕심껏 철길을 구경할 수 있는 곳이 바로 범일 기차역이다. 영화 〈친구〉와 〈하류인생〉에서 주인공이 서 있는 배경이 철길이었기에 스크린 안에서 볼 수 있었다.

　범일 기차역은 1943년 범일신호소로 개소한 이후 화물과 여행객이 드나드는 부산의 주요 철도역으로 제 역할을 하게 된다. 그러나 시절이란 변하기 마련이라 동해남부선의 시·종착역을 부전역으로 옮기고 도시통근열차가 없어지면서 여객도 화물도 드나들지 않는

역이 되고 말았다. 지금은 그저 열차의 들고 남을 관리하는 곳에 불과하다.

굳이 역으로서 역할을 찾아본다면 승차권 발권 업무를 하고 있다는 것 정도다. 승차권 발권도 그리 잦은 일은 아니다. 뭐든 인터넷으로 통하는 세상이라 역사를 찾아와 발권을 하는 이들은 연세 지긋한 어르신들이 전부다. 그들은 이곳 범일역을 기억하며 추억하는 맛을 알기에 다리품을 팔며 찾아올 것이다.

범일역 표지판

사람 좋아 보이는 역장님이 무전기를 들고 바쁘게 드나드는 역무원실은 오랜 세월의 흔적을 고스란히 간직한 채 지금도 제 역할을 하고 있다. 정비된 열차나 객차를 순서대로 내보내고 들여보내는 신호가 쉬지 않고 울린다. 과선교 옆구리에 출입구를 뚫고 있는 범일역은 범내골과 이어지는 굴다리와 나란히 마주 보고 있다. 해바라기 그림이 화사하게 웃고 있는 굴다리를 지나면 부산의 또 다른 얼굴을 만날 수 있다.

평화시장과 자유시장 사이에 자리한 **귀금속거리**는 진열대에 진열된 각종 보석을 구경할 수 있는 곳이다. 굳이 사야 할 장신구는

192

없지만 한번 둘러보기로 한다. 시장통 한 구역을 차지하고 있는 귀
금속거리는 규모보다 귀금속 종류에 놀라고 가격에 놀라는 곳이다.
시중보다 저렴할 뿐 아니라 그 종류 또한 다양하다. 다양한 종류의
보석과 장신구들이 진열대의 빛을 받아 반짝거리는 모습을 먼발치
서나마 볼 수 있으니 눈이 호강한 경우라 하겠다.

귀금속거리

부산진시장

　진열대에서 반짝이는 장신구들에 빼앗긴 눈길을 돌려 부산진시장 앞에 위치한 조선통신사역사관으로 향한다. 시장이 모여 있는 범일동 일대는 부산의 정서가 한껏 묻어 있는 곳이기도 하다. **부산진시장**은 그 역사에 또 한 번 놀란다. 부산진시장은 조선 영조 46년(1770년)에 편찬된 『동국문헌비고』에 기록되어 있다. 240여 년 전에 5일장으로 시작해 지금에 이른다니 그 명성이 허망하지 않음을 알겠다. 물론 세월이 흐르는 동안 그 모양은 변해왔다. 1914년부터는 상설시장이 되었다고 하니 지금과 그 운영방식은 별반 다르지 않을 것 같다.

긴 역사를 한 몸에 품고 서 있는 진시장 앞 건널목을 건너 좁은 골목으로 들어가자 자성대공원이 나타난다. 자성대공원은 자식 성(城)이란다. 엄마 성이 따로 있다는 얘기다. 좌천동 증산에 있었던 부산진성이 본성(本城) 즉 모성(母城)이고 그에 딸린 지성(枝城) 즉 자성(子城)이 되는 것이다. 엄마와 아들의 역할은 모두 나라를 지키는 것이었다. 하지만 임진왜란 이후 일본군이 주둔하면서 왜성이 되었다가 왜적이 물러나자 명나라 군사의 주둔지가 되었으며 이후 부산첨사영(釜山僉事營)으로 바뀌게 된다. 현재 남아 있는 성지는 왜군에 세어진 일본식 성이고 이후 동문, 서문, 진남대는 복원된 건물이다.

자성대공원은 작고 아담해서 이웃집에 들르는 기분이 들기도 한다. 하긴 공원 벤치에서 쉬고 있는 할머니 할아버지들을 뵙게 되니 그 정겨움이 더하는 것 같다. 자성대 공원은 편하다. 도심 가운데 있지만 깊게 우거진 숲도 그렇고 아담한 성벽도 그렇고 소박한 그늘에 만족하는 방문객도 그렇다.

자성대공원

우거진 숲을 따라 모퉁이를 돌아가자 **조선통신사역사관**이
그 모습을 드러낸다. 영가대와 나란히 서 있는 조선통신사역사관은
2011년에 개관했다. 조선과 일본의 평화를 위해 파견된 사절단을
통신사라 하는데 여기서 통신사란 뜻이 재미있다. 통신(通信)이란
말 그대로 신의를 나눈다는 뜻이다. 믿음을 나누던 두 나라는 결국
임진왜란이라는 전쟁과 조선 식민침탈이라는 역사적 사건을 겪게
된다.

200년간 신의를 나누었던 두 나라는 과연 어떤 관계였을까? 매년
5월이면 화려하게 개막하는 조선통신사축제는 두 나라의 문화가 만
나는 시간이기도 하다. 200년 동안 신의를 나누었던 두 나라의 슬픈
역사는 오늘날 조선통신사축제를 새롭게 해석하게 한다.

조선통신사역사관에 비치된 계간 『조선통신사』라는 잡지를 뒤적
이며 엘리베이터를 타고 2층으로 올라가니 **영가대**가 보인다. 조
선통신사역사관 옆에 자리한 영가대의 원래 위치는 이곳이 아니다.
처음 만들어진 곳은 지금의 성남초등학교와 서편 경부선 철도 사이
에 있었다. 그러나 1936년 경부철도 복선공사를 하면서 그 흔적이
사라졌다. 지금 그 자리에는 영가대가 있던 곳이라는 표지판만 남아
있다.

영가대는 자성대 서쪽 해안에 배가 접안할 수 있도록 선착장을 만
들면서 생긴 언덕 이름이었다. 이 이름은 1614년에 영가대를 구축
한 순찰사의 관향(貫鄉) 안동의 옛 이름을 딴 것이다.

조선통신역사관과 영가대

이곳은 일본으로 떠나는 조선의 통신사들이 항해의 안녕을 기원하며 해신제를 지내던 곳이다. 지금이야 부산국제여객터미널에서 쾌속선을 타면 짧은 시간에 도착할 거리지만 당시에는 일본으로 떠난 통신사가 살아 돌아올 수 있음을 아무도 장담하지 못하던 시대였으니 그들의 간절한 마음을 이해할 것도 같다. 마음을 다해 해신제를 지냈을 통신사들의 비장한 얼굴을 떠올려보며 다시 걸음을 옮긴다.

스쳐 지나가는 길 가야역

　　가야 기차역은 1944년에 조차장으로 영업을 시작한다. 조차장이란 기차의 차량을 떼어내거나 연결하여 조절하던 곳이다. 유난히 긴 기차나 짧은 기차의 길이를 조절하는 역이다.

　　한때는 동서통근열차가 정차하는 곳이기도 했다. 하지만 2002년 여객 영업이 중지되고 한국철도공사 부산지사의 대표 역으로 지정되어 역 내부의 가야차량사무소에서 고속열차와 일반열차의 정비를 하고 있다. 그리고 부산 지역 화물 물동량의 대부분이 거쳐 가는 주요 역으로 기능하고 있다.

　　가야역 역시 여객이나 화물이 타고 내릴 수는 없다. 그냥 기차표를 살 수 있는 곳일 뿐이다. 하지만 그곳을 찾는 사람들은 생각보다 많은 모양이다. 하루 발권액이 삼백만 원이 넘는다니 말이다. 범내골에서 당감동 방향으로 이동하다 보면 거대한 교각을 만나게 된다.

그것은 동서고가도로인데 부산의 동과 서를 이어주는 주요 동맥 같은 도로라 할 수 있다. 이 고가도로의 교각 밑에 가야 기차역이 자리하고 있다. 회색 교각들 틈에 놓여 있는 벽돌 건물과 '코레일 새싹어린이집' 이라는 푯말이 정답게 다가온다. 가야역 앞 넓은 도로를 따라 들어가면 도로보다 넓은 주차장을 만나는데 주차장 너머에서는 아이들이 선생님과 운전 놀이도 하고 꽃과 나무를 관찰하느라 정신이 없다.

주차장 귀퉁이에 발권을 전담하고 있는 창구가 있고 그 너머에는 정말 넓디넓은 기찻길이 펼쳐진다. 헤아리기도 힘든 철길이 서로 교차하고 있는 모습은 그 속에 담겨 있는 규칙을 찾는 일만큼이나 흥미롭다.

발권소 문 앞을 지나 다시 도로 위로 올라선다. 복잡한 도로의 차들은 나름 질서 있게 달리고 있다. 도로의 차들이 규칙을 지키며 달리듯 발길을 자유롭게 옮겨도 되는 여행의 규칙에 따라 발길을 옮긴 곳은 옛 하야리아부대다.

높은 담장 위에 뾰족한 철조망이 둘러쳐진 곳. 입구에는 총을 든 미군이 삼엄하게 경비를 서던 곳. 한국 땅에 있지만 한국인이 마음대로 드나들 수 없던 곳. 그곳이 이제 부산시민공원으로 탈바꿈하는 중이다.

일명 캠프 하야리아로 불리던 이곳은 일제강점기에 경마장으로 사용되다가 1945년 UN 기구가 주둔하고 1950년 6 · 25전쟁 이후 주

옛 하야리아부대 풍경

한미군부산사령부가 설치되었다. 그리고 2010년, 드디어 부산시에 반환된다. 이 땅이 오롯이 우리 소유가 되는 데 걸린 시간은 백 년 정도다. 그 긴 시간 동안 부산의 땅이었지만 부산의 땅이 아니었던 이곳이 이제는 부산 시민공원이 된다니 벅차오는 감정을 설명하기란 그리 쉽지 않다.

부산시민공원은 오는 2015년에 완공될 예정이다. 부산을 상징하는 세계적인 공원으로 태어나기 위해 지금은 흙먼지 날리며 공사 중이다. 흙먼지가 좀 날리면 어떤가. 우리 품으로 돌아온 하야리아부대가 공원이 되어 부산의 마당이 된다는데. 그 드넓은 마당에서 부산을 즐길 날이 빨리 오기를 바랄 뿐이다.

조감도만 봐도 가슴이 뿌듯해 손이 떨린다. 아픔이 있는 자들이 서로 끌어안고 위로하듯 부산은 지금 그렇게 위로받고 치유받는 중이다. 하야리아부대 담벼락을 덮고 있는 나무 그늘 아래를 거니는 사람들의 모습이 평화롭다.

캠프 하야리아라는 이정표를 뒤로하고 마주선 길 위에 **국립부산국악원**이라는 간판이 선명하다. 이곳은 2008년 9월에 준공되었다. 국악원 마당에서 상모를 돌리고 있는 상모춤꾼의 역동적인 모습이 마치 지금의 부산을 말해주는 것 같다. 그것은 현대적 감성이 물씬 풍기는 최신 건물과 우리 전통 음악의 만남에서도 느낄 수 있다.

모든 과거는 현재로 통하는 법이니 우리의 전통 음악을 현대적 감각이 물씬 풍기는 최신 건물에서 연주하는 것이 당연하다고 생각한다. 오래 묵어 곰삭은 젓갈을 현대식 접시에 담아내는 것과 같다고나 할까. 오래 묵은 전통을 현대식 건물에 담을 줄 아는 것. 이것이 부산적인 것이라 생각한다. 부산적인 역동성과 부산적인 곰삭음을 현대적 감성에 담아낸 국립부산국악원은 그래서 낯설지 않다.

사실 국악이나 고전무용은 어딘지 모르게 낯설었다. 특히 부산에서 우리 춤과 소리는 어딘지 모르게 아귀가 맞지 않는 것도 같았다. 하지만 국립부산국악원이 생기면서 그런 생경한 느낌이 많이 사라졌다.

토요일마다 열리는 '토요 신명' 공연은 민요, 판소리, 놀이, 춤 등 폭 넓은 우리 소리와 춤을 관람할 수 있다. 그리고 다양한 강좌도 마련되어 있어 누구나 쉽게 국악을 접할 수 있다. 편안한 마음으로 부산시민공원을 걷다가 국립부산국악원에 들려 '토요 신명' 공연을 즐겨보는 것도 새로운 부산을 만나는 방법일 것이다. 얼마나 좋은가. 넓은 마당 가득 울리는 우리 가야금 소리를 들을 수 있다는 것이. 흥겨운 춤사위를 보다 보면 자신도 모르게 즐거워질 테니 말이다.

춘향가 중 사랑가 대목을 흥얼거리며 도착한 곳은 **냉정샘**이다. 냉정샘은 개금과 주례 사이에 있지만 행정구역상 주례에 속한다. 아직도 샘이 흘러나오는 이곳은 사상구의 명소 중 하나이기도 하다. 엄광산 산등성이에 위치한 이 샘에 대한 기록은 그리 많지 않다. 하

국립부산국악원

지만 구전으로 전해오는 말에 따르면 냉정치와 냉정동을 오가는 사
람들의 목마름을 해결해주는 고마운 샘이었다고 한다. 특히 부산장,
동래장, 하단장, 구포장, 김해장을 오가는 사람들에게는 그 물맛이
좋기로 소문이 나 있었다고 한다.

지금도 잘 다듬어진 샘터에는 사람들이 적지 않다. 언덕을 오르던
사람도 언덕을 내리던 사람도 잠시 들러 쉬어 간다. 아직 잊지 않고
빨랫감을 내다 빠는 연세 지긋한 할머니도 계시고, 이곳의 기원이
무엇인지 몰라도 마냥 좋은 꼬마들의 물놀이 장소가 되기도 한다.

화려한 것만 바라보는 세상의 눈이 조금 원망스럽다. 이름 모를
이들의 기억과 시간이 머물렀던 냉정샘을 아는 이가 몇이나 될까 싶
어서 말이다. 세상에 빛나는, 그 이름만으로 으스대는 유명인들이

냉정샘

아니라 필부필부(匹夫匹婦)들의 시간과 추억도 고스란히 남아 있는 곳이 부산인 것 같아 부산이 다시 한 번 정겹다. 소박한 샘터를 모든 이에게 대가 없이 내주고도 그리 요란하지 않은 것을 보면 부산은 가슴 따뜻한 사람들이 모여 사는 곳이 분명하다.

사통팔달의 심장 사상역

냉정샘 물에 씻은 발등이 유난히 촉촉하다. 걸음을 옮길 때마다 스치는 바람이 시원해 고개를 들어보니 멀리 낙동강이 보인다. 낙동강은 혼자 흐르지 않고 경부선을 옆구리에 두고 함께 흐른다. 그리고 보니 낙동강 주변에는 기차역이 참 많다. 그중에도 사상역은 그 의미가 새롭다.

사상역은 1921년 보통역으로 업무를 개시했다. 지금은 경전선 무궁화호가 지나다닌다. 순천과 부산진 방향으로 기차가 오고 가는 사상역은 김해경전철이 그 모습이 생기면서 사뭇 달라지고 있다. 사람과 화물을 실어 나르던 사상역이 이제는 사통팔달의 심장부가 된 것이다.

2018년이 되면 마산에서 부전동까지 35분에 오갈 수 있단다. 그것은 부산과 마산 구간 복선전철 사업이 완공되면 가능해진다고 한다.

그러니까 부산과 마산 복선전철 중심에 놓이는 곳이 바로 사상역이
되는 것이다.

　지하철 사상역, 부산 김해 경전철 사상역, 광역철도 사상역, 경부
선 사상역. 이것이 앞으로 변하게 될 사상역의 이름들이다. 사상역
에는 지하에는 지하철이 다니고 무인으로 움직이는 경전철이 고가
레일을 달린다. 거기다 마산까지 총알처럼 이동하는 광역철도가 달
리고 철길 따라 경부선도 달리게 된다. 여기저기 끊어지지 않고 공
간을 이어주는 사상역은 오늘도 사람들의 삶을 이어주며 달린다.

　사상역의 또 다른 미덕은 드넓은 낙동강이다. 낙동강은 어머니 품
처럼 넓기도 하지만 소박한 아이처럼 아기자기한 멋도 품고 있다.

사상역

카멜레온같이 다양한 매력을 품고 경전철 레일 아래 펼쳐진 낙동강 한가운데 삼락생태공원이 있다.

공원은 넓다. 472만 2,000세제곱미터. 피부에 와 닿지 않는 숫자다. 그래서 직접 눈으로 보고, 두 발로 걸어봐야 한다. 넓게 펼쳐진 공원은 식물과 인간이 하나가 되도록 해준다. 아이들과 운동을 할 수 있는 것은 물론이고 계절마다 피고 지는 꽃들도 장관이다.

연꽃이 필 때면 연꽃 밭이, 유채가 필 때면 유채 밭이 제 몫의 아름다움을 보여주지만 뭐니 뭐니 해도 낙동강의 갈대가 장관이다. 낙동강 낙조가 붉게 물드는 강변에 앉아 하늘거리는 갈대를 보고 있으면 말 그대로 신선이 된 기분이다. 도심 속에서 신선이 된다는 것은 그 순간 복잡한 상념이 사라지고 순수한 자연을 만나는 것이지 않을까? 복잡한 도심으로부터 자연으로 돌아갈 수 있음에 감사한다.

계절마다 풍기는 멋이 남다를 삼락생태공원은 여름밤의 열기를 식히기에도 충분하다. 해마다 삼락생태공원에서 '부산국제록페스티벌'이 열린다. 불을 뿜듯 음악을 뿜어내는 록밴드의 음악은 열대야마저 멀리 몰아낸다. 밴드의 화려한 연주도 연주이겠지만 그 시간을 즐기는 사람들로부터 흘러나온 에너지가 공원 전체를 물들이기에 충분하다.

화려한 조명과 강렬한 사운드, 가을을 준비하는 갈대가 묘한 조화를 이루는 삼락생태공원은 인근 주민뿐 아니라 멀리 해운대나 김해에서도 찾는 명실상부한 부산 대표 생태공원이 되어가고 있다.

사상역 부근의 또 다른 매력은 우리의 역사와 함께 남아 있는 흔적이다. 새롭게 거듭나고 있지만 과거를 잊지 않는 것, 부산 그리고 사상이다. 혹시 사람들은 사상구인회연구제단을 알고 있을까. 사실 이 이름을 알고 있는 이가 몇이나 될지 궁금해진다.

사상구인회연구제단이라는 이름은 생소하다. 그러나 그 속에 담긴 의미는 우리로 하여금 역사를 다시 생각할 수 있도록 하기에 충분하다. 시간은 저 멀리 임진왜란 때로 거슬러 올라간다.

임진왜란 때 부산진과 다대진을 함락한 왜군이 동래성까지 점령한 후 낙동강을 따라 쳐들어왔을 때 사상 출신의 젊은이들은 관군이

사상구인회연구제단

나 의병으로 출전한다. 이후 전쟁이 끝나 싸움터에서 생환해 온 아홉 분이 9인계(九人契)를 조직한다. 그리고 향리를 복원해 전쟁에서 몸을 바친 이웃의 명복을 빌며 팔경대가 있는 회산(晦山)에서 위령제를 올렸다고 한다. 그 뒤 9인의 뜻을 이어받은 후손들이 연구계를 결성하여 연구제단을 설치하고 사상면민의 제향으로 400년 가까이 이어져 왔다. 그래서 구산대라고 한다. 연구제단은 1974년, 산이 깎여 없어지면서 사상역 동쪽 산으로 옮겨졌으며 1988년 제단의 비석을 새로 세우고 해마다 동래성이 함락되었던 음력 4월 14일이 되면 지역 주민이 모여 나라를 지키다 숨지신 선조의 얼을 기리고 있다. 현재 연구제단 보존회에는 이들에 대한 기록과 사상 향약 등 문서 20여 종이 보관되어 있다.

　지금도 계가 이어지고 있다는 사실만으로 마음이 뿌듯하다. 잊지 말아야 할 것을 기억하는 것은 그리 쉬운 일이 아니다. 그럼에도 불구하고 아직도 그 넋을 기리는 마음이 느껴져 회산이 있었다는 곳을 자꾸만 바라보게 된다.

낙동강의 이웃사촌 구포역

영남의 젖줄 낙동강을 따라 오르다 보면 어느새 구포역과 만나게 된다. 구포역은 1903년 11월에 개통되었는데 처음에는 단선이었던 것을 1937년 복선으로 재개통하였다. 초창기 구포 역사는 100평 정도의 목조 기와지붕이었으나 1934년 7월 낙동강 제방을 쌓던 중 대홍수로 강물이 역 광장까지 진입하여 역이 침수되는 사건이 발생한 후 신축하였다. 당시 대홍수로 낙동강이 범람하여 구포에서 물금 간 선로가 1킬로미터나 유실되어 열차 운행이 8일간 중단되기도 했단다.

구포역이 개통하자 강변 제방과 나루터에는 남지, 밀양, 수산, 삼랑진, 원동에서 실어 온 곡물이 넘쳐났고 이를 도정하기 위해 정미소가 생겼다. 곡물 거래가 활발해지자 객주가 드나들게 되고 유각(遊閣)이 성업을 하였다.

　하지만 구포역은 일제강점기 말 일본에 의해 강제 징발된 청년들과 정신대에 끌려가는 여성들이 열차에 실려 가는 곳으로, 일제에 의해 농지를 빼앗기고 만주로 이주해 가는 동포들이 망국의 한을 품고 떠나가는 곳이기도 했다. 그러니 당시 구포역은 원망과 실의에 찬 군중이 들끓었던 곳이기도 하다.

구포역

해방 후 6·25전쟁이 일어나자 구포역은 더욱 바빠졌다. 특히 군대에 소집되어 가는 훈련병들이 구포에서 기차에 실려 전선으로 보내졌다. 1950년대 중반에는 구포에서 생산된 국수와 대저에서 생산된 배, 삼락에서 생산된 딸기가 구포역을 무대로 기차를 타고 오르내리던 전국 각지의 모든 사람들에게 널리 알려지게 되었다. 당시 피난민들은 값이 싸고 맛이 좋으며 배부른 국수를 많이 사 먹어 구포국수가 명성을 얻게 되었다. 구포역의 명물은 대저동의 배와 삼락동의 딸기였다. 열차가 들어오면 장사치들이 역 구내에 들어와 열차가 정차하기도 전에 "내 배 사소, 내 딸 사이소!"를 외치면서 열차를 따라 다녔다고 한다.[8]

그렇게 세월이 흘러 구포역이 문을 연 지도 어느새 100년이 넘었다. 구포역은 100년이 넘는 세월 동안 부산의 관문 역할을 해왔다. 구포역은 서부경남에서 부산으로 들어와 서울로 넘어가는 길목이었기에 그 가치가 더 높다.

도시철도 3호선 구포역

　최근에는 **도시철도 3호선 구포역**이 문을 열어 구포기차역과 마주보게 되면서 구포역의 가치뿐만 아니라 도시철도 구포역의 가치도 높아지고 있다. 도시철도 구포역은 그 역사에서 바라보는 경치에 감탄하기에 충분한 곳이다. 어쩌면 우리나라에서 몇 안 되는, 경치가 아름다운 도시철도역이다.

　도시철도 구포역은 일상을 살아가면서 아주 가끔 마주하게 되는 행복이다. 그리고 그런 행복을 전해주기에 충분한 공간이다. 바쁜 마음에도 도시철도를 기다리며 강을 바라볼 수 있다. 조용히 흐르는 강물을 바라보고 있노라면 바빴던 마음에 여유가 생긴다. 그뿐인가 철골구조물에 유리로 마감된 역사(驛舍)에는 전망대도 있다. 발아래 펼쳐진 낙동강 둔치 철새를 관찰할 수 있도록 망원경을 설치해두기도 했다. 참 섬세한 배려다. 철골구조물의 날렵하고 세련된 느낌과 멀리 넘실거리는 물결의 조화가 아름다워 전망대에 서 있자니 낙동강에서 시작된 작은 바람이 이마에 흐르는 머리카락 몇 올을 쓸어올려준다. 고마운 바람결에 흐뭇한 웃음을 지으며 구포시장으로 걸음을 옮긴다.

　구포시장은 좁은 입구에 비해 넓은 공간이 인상적이다. 오가는 말소리에 정이 묻어나서인지 자꾸만 고개를 돌리게 된다. 점심시간을 맞은 상인들이 곳곳에 상을 펴고 밥을 먹는다. 밥그릇을 손에 든 채 흥정을 하는 할머니와 국물을 털어 넣는 젊은 아주머니까지 모두들 밥 먹으랴, 흥정하랴 정신이 없다. 그러나 모두 그들만의 속도와 시간에 맞춰 조화롭게 흘러간다.

　시장 골목을 이리저리 거니는 동안 시장 사람들의 시간과 속도에 맞춰 자연스럽게 걸음을 옮기게 된다. 채소전, 어물전, 육고기전을 지나면 화려한 색감의 옷들이 늘어진 팔다리를 흔들면서 유혹한다. 어서 사 가라고. 늦으면 없을 거라고. 옷가지를 뒤적이다 다시 과일이 즐비한 골목으로 접어든다. 향긋한 과일 향이 식욕을 돋운다. 골목 안으로 들어서자 분식집이 즐비하다.

　신기한 것은 집집마다 '구포국수' 라는 메뉴를 내걸고 있다. 6 · 25 전쟁 당시 피난민의 배고픔을 달래주던 '구포국수' 가 아니던가? 구포시장은 조선시대 감동진(甘同津) 나루터와 감동창(甘同倉)이 있는 강변에 장이서면서 시작되었다. 처음에는 그 이름도 감동장(甘同場)이었다. 낙동강 수로를 이용한 교통의 중심지 구포는 그래서 사람들이 모여들기 좋았다. 낙동강 하류의 물품이 모여들던 구포 감동장은 3일과 8일에 선다. 장날이 되면 이곳에 모여든 사람들은 물물교환으로 자신이 필요한 물품을 장만해 갔다. 제방을 쌓지 않아 홍수가 나면 장터가 물에 잠기는 일도 종종 있었다.

　장이란 사람과 소식이 들고 나는 소통의 장소이다. 그것은 구포장도 예외가 아니었다. 1919년 3 · 1운동이 일어난 그때, 부산은 구포와 동래에서 그들만의 만세운동을 벌였다. 구포 출신 양봉근이 주축이 되어 구포 장날인 3월 29일에 구포시장에서 거사를 치른 것이다. 그러나 일제의 극심한 탄압으로 부상자가 속출하고 이는 다른 지역의 시위를 촉발시켰다. 구포시장 터의 만세운동은 동래, 양산, 김해

구포시장

등으로 번져갔다.

　그 어느 지역보다 일본과 열강의 모습을 먼저 경험해야 했던 부산. 그중에서 구포 지역은 일본이 식민지 정책을 펴기 위한 교두부로 이용했다고 해도 과언이 아닐 것이다. 경부선 건설 장비를 배에 실어 구포나루까지 옮겨 온 뒤 구포역에서 기차에 실어 경성까지 옮겼다니 말이다.

　일본의 식민지 획책을 직접 목도한 구포 주민들의 반일 감정은 남달랐고 학생이 주동하는 항일운동이 아니라 노동자, 농민, 상인이 중심이었다. 지금도 매년 구포 만세운동 재연행사를 하는 것 역시 이와 무관하지 않다. 배추 한 포기 생선 몇 마리 팔기 위해 팔을 걷어붙였던 그들이 만세운동에 적극 참석했을 때는 그 울분이 얼마나 컸는지 짐작하고도 남음이 있다.

　쫄깃하고 부드러운 면발을 삼키면서 들고 나는 상인들을 바라본다. 구포시장에 터를 잡고 생계를 이으며 살아온 저분들의 조상 누군가도 이곳에서 만세를 불렀겠지. 마음이 숙연해진다. 무거운 마음을 털어준 것은 시원한 국수 국물이다. 칼칼한 땡초 조각을 삼킬 때처럼 아리는 아픈 역사지만 그것들을 밟고 일어선 구포시장의 호방한 기운을 몸피로 느끼며 낙동강 둔치로 나선다.

　감동진 나루터 복원공사가 어느 정도 진행된 모양이다. 낙동강 둔치 흙길이 단정하게 정돈되어 있다. 감동진 나루터는 나라에 바칠 현물세가 뱃길로 모여든 곳이다. 세금이 오고 가는 곳이다 보니 자연 몰려드는 사람도 많았을 것이다. 사람과 물건이 들고 나며 번창한 셈이다.

감동진이 크게 부각된 것은 동래에서 낙동강으로 진입하는 하구 지역의 물목으로서 지리적 환경이 크게 작용했다. 강 수로를 이용하는 집산지가 되어 현물을 보관할 남창이 있던 곳이기도 하다. 그리고 감동창은 군수미를 보관하는 창고의 역할도 했다고 한다. 군량과 군사들의 급료미를 방출하던 곳이기도 했던 이곳에는 언제나 역부들이 들끓었다.

감동창과 감동장이 있어 크게 번창했던 감동진 나루는 구한말에도 그 번창을 이어간다. 구포 장터에서 교역한 문품을 상선에 실어 상류로 올라가고 그것을 다시 벼와 교환하여 싣고 내려와 감동진에 내려놓으면 구포에 생겨난 근대식 정미소에서 도정을 하고 도정된 쌀은 배에 실려 일본으로 수출되었다. 그러니 감동진 나루터에는 당시 거대한 선박들이 정박해 있었을 것이다.

감동진 나루터(1977년)

구포장과 감동진 나루터에는 객주가 번창하였고 구포저축주식이 생겨나 지방 최초의 은행인 구포은행이 만들어지기도 했다. 구포역, 우체국, 구포은행, 구포학교까지 건립되었던 감동진 나루터는 그렇게 제 기능을 해내고 있었던 것이다.

1930년 구포다리가 개설되고 제방이 축조되면서 그 기능이 조금 위축되기는 했지만, 여전히 도정한 쌀을 일본으로 실어 가고 강변에 설치된 기차로 서울까지 실어 갔다. 광복 이후 큰 배들이 들고 나면서 정미업이 쇠퇴하고 그 기능을 잃어갔지만 그래도 1980년까지 사람들을 실어 나르는 제 역할을 해냈던 모양이다.

그렇게 역사 속으로 사라질 뻔한 감동진 나루터가 복원되어 낙동강 줄기를 차지하고 있다. 앞으로 이곳에는 선착장과 계류장을 설치하고 나룻배를 건조하여 돛단배를 띄울 예정이란다. 이제 머지않아 바람 먹은 황포돛대가 밀어주는 배를 타고 물금까지 오고 갈 날이 오겠지.

감동진 나루터는 다시 살아날 것이다. 흙길이든 물길이든 죽어가는 길을 살리며 과거를 복원해나갈 것이다. 길이 없다면 우리도 살아갈 수 없기 때문이다.

세상의 모든 이치가 돌고 돌아 다시 제자리로 오듯 감동진 나루터도 복원이 되어 제자리로 돌아 왔다. 잊혀진 것의 복원이 반갑다. 그래서 걸음이 가볍다. 멀리 보이는 감동진 나루터를 눈짐작으로 짚어 보며 만덕으로 걸음을 옮긴다.

머나먼 옛날 산을 넘고 물을 건너 목적지로 향하던 그때, 사람들은 생각했을 것이다. 쉬엄쉬엄 가자고. 그러나 세월이 흐르고 기술이 발전하면서 사람들의 생각은 바뀌었을 것이다. 쉽게 가는 방법을 찾아야 한다고.

길을 연결하는 방법은 한 가지다. 길끼리 서로 이어주는 것. 길을 잇기 위해 산을 뚫기도 하고 바다에 다리를 놓기도 한다. 그리고 그것도 안 되면 그냥 넘어간다. 과거 사람들은 구포와 양산 그리고 김해에서 동래로 들어가기 위해서는 만덕고개를 넘지 않으면 안 되었다.

만덕고개는 옛날 구포장과 동래장에 장을 보러 가던 사람들이 오르내리던 고개다. 이 고개는 조선시대 문헌인 『동국여지승람』에 기록되어 있는데 지역 주민들은 만덕고개, 만덕재, 만덕령이라 불러왔

만덕 고개

다. 구포장 타령에 보면 '고개 넘어 동래장 다리가 아파 못 보고' 라는 구절이 나온다. 이 고개가 바로 만덕고개인 것이다. 고갯길이 워낙 가파르고 비탈져서 다리가 아프다는 타령을 늘어놓은 것이다.

만덕고개는 고갯마루에 도적들이 숨어 있다가 장꾼들의 금품을 털어가기도 했단다. 그래서 장꾼들은 고개 아래 만덕사 절터에 모여 함께 고개를 넘었다. 그 때문인지 이 지역 모심기 민요에도 '명태 장사는 떼를 지어 만덕고개를 넘어 간다' 라는 가락이 나온다. 이처럼 수백 년 동안 걸어서 넘던 고개가 1965년 도로 포장이 되면서 차량이 왕래하는 고갯길이 되었다.

걸어서 고개를 넘었던 과거에 비하면 그래도 수월해진 편이지만 도심지가 개발되고 교통이 발달하면서 그마저도 힘들고 먼 길이 되고 만다. 세상이 복잡해지니 포장된 고갯길을 넘어가기에는 비좁고 더디기만 했을 것이다.

그래서 만덕터널이 생겼다. 처음 뚫린 만덕 1터널은 만덕과 온천장을 연결했고 다음으로 뚫린 만덕 2터널은 만덕과 미남교차로를 이어주었다. 북구와 동래구를 이어주는 만덕터널은 출퇴근 시간이면 차량들로 장사진을 이룬다.

부산의 중심부를 연결하는 것뿐만 아니라 김해와 양산을 쉽게 넘나들 수 있게 만들어진 만덕고개와 만덕터널은 도심으로 들어가는 요충지 말고도 중요한 의미가 있는 곳이다. 이곳 만덕터널 부근은 만덕사지로 추정되는 곳이자 만덕사지와 관련된 유물이 발견되기도 한 곳이다. 만덕사지는 만덕사가 있었던 절터이다. 만덕사는 고려사(高麗史)의 만덕사(萬德寺) 편에서 그 유래를 찾을 수 있다. 고려시대 공민왕이 충혜왕의 서자인 석기왕자의 머리를 깎아 만덕사에 두었다는 기록을 찾아볼 수 있다.

공민왕은 자신의 외교정책에 반대하여 조카인 석기를 왕으로 세우려는 무리의 음모를 포착하고 석기를 외방으로 추방하여 삭발 연치시키는데 이때 기록에 나오는 사찰이 만덕사다. 그 후 공민왕은 조카를 제주도 수정사로 보내려 배를 태웠다는 기록이 나오는데 이러한 정황으로 미루어 볼 때 만덕터널이 뚫린 그 자리가 만덕사라고 판명되어 만덕사지라 이름 붙여진 것이다.

지금의 거대한 터널 입구가 만덕사 앞마당이었을 것이라 추정한다니 그 규모가 대단해 보인다. 1972년 문화유적에 대한 지표조사를 하고 만덕사지와 당간지주는 문화재로 지정되었다. 하지만 각종 도로 공사에 나머지 유물이 훼손되고 말았을 것이란 우려가 제기되고 있다. 만덕사의 금당지로 추정되는 곳은 지금 개인 소유의 양계장으로 사용되고 있다.

문화재 대접을 받지 못하고 방치되어 있는 그 길을 아무 생각 없이 지나다닐 수는 없는 노릇이지 않을까. 부산에 유일하게 존재한다는 고려시대 문화재가 아닌가. 거기다 공민왕과 관련된 이야기가 함께하는 곳이라니 더욱더 안타깝다.

편리와 발전만을 향해 달렸던 우리의 역사가 만든 슬픈 그림자가 아직도 그늘진 곳에 누워 있는 것 같아 그리 개운한 기분만은

만덕사지

아니다.

　가끔은 후회스럽고 가끔은 자랑스러운 기억이 모여 우리네 시간이 되었을 것이다. 우리의 시간 속에 아쉬운 게 있다면 지난 것에 대한 반성과 위로가 없다는 것이다. 그러니 우리라도 잘못에 대한 반성은 좀 하면서 가야 하지 않을까?

　과오가 중첩되는 시간의 길을 걷다 보니 어느새 새로운 길목으로 접어들었다. 만덕고개의 푸른 숲과 만덕터널을 통과하는 자동차의 빠른 속도를 따라잡으며 다시 길 위에 올라선다. 길은 뻗어 있고 시간은 흐르며 우리는 그것들을 따라 성큼성큼 걸어왔고 걸어가고 있다.

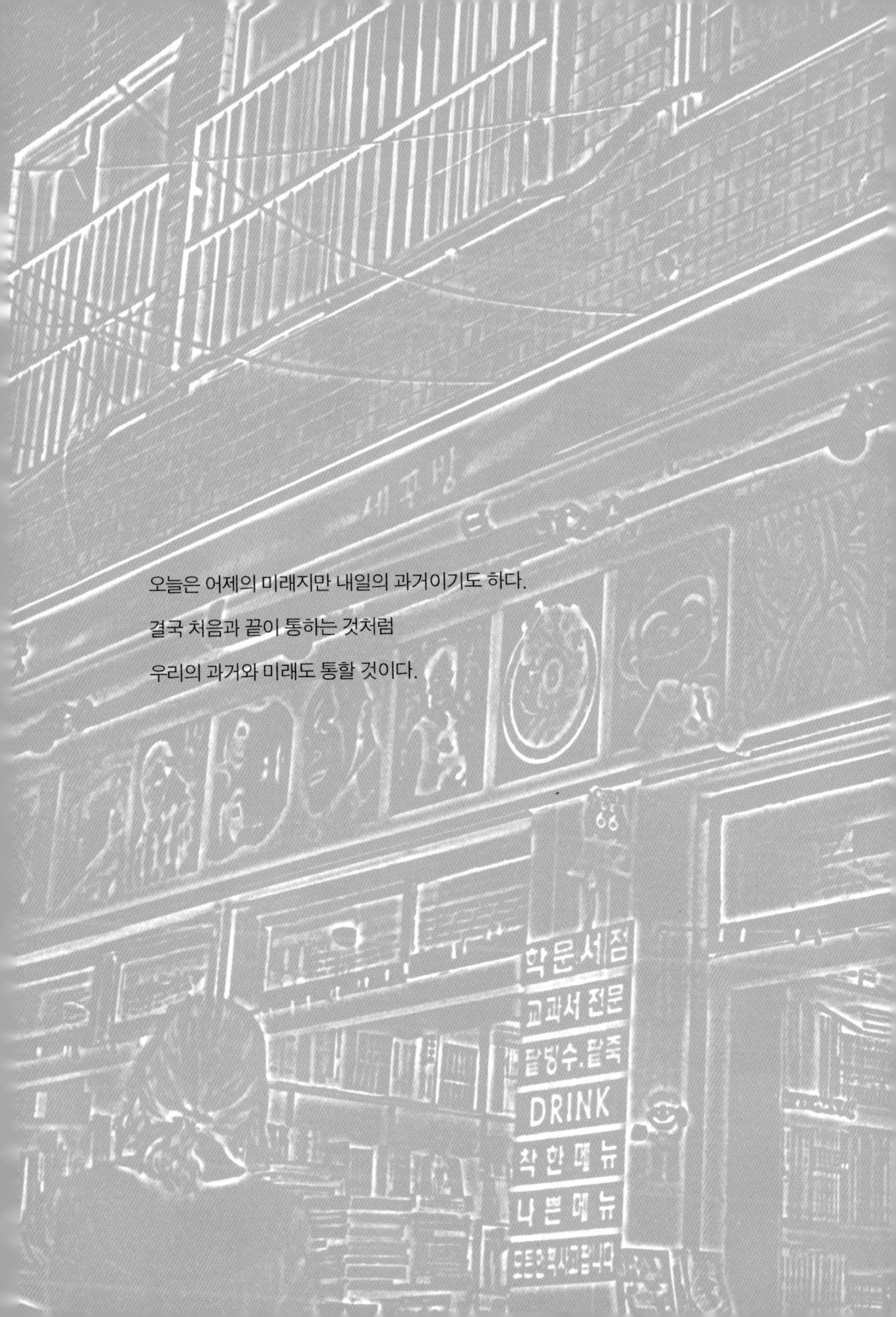

오늘은 어제의 미래지만 내일의 과거이기도 하다.

결국 처음과 끝이 통하는 것처럼

우리의 과거와 미래도 통할 것이다.

Part 03
지나온 길

피천득 선생에게 딴지를 걸고 싶다.

그리워하면서도 한 번 만나고 못 만나게 되기도 하고 일생을
못 잊으면서 서로 아니 만나 살기도 한다. 아사코와 나는 세 번
만났다. 세 번째는 아니 만났어야 좋았을 것이다.
— 피천득의 「인연」 중에서

만나고 싶어도 만나지 못하는 것이 아니라면 만나야 한다. 만
나고 싶어도 만나지 못하는 것이 아니라면 만나야 한다. 만나야
할 순간과 만나 조우하고 이별을 하든 끌어안아 달래든 해야 한
다. 그래야 우리가 우리다워진다.
현재 없는 미래가 없듯 과거 없는 현재도 없다. 좀 부끄럽고 아
프더라도 만나서 바라보고 다독이고 위로해야 한다. 지나온 길

이 좀 더럽다 느끼면 쓸고 닦아 청소를 해두는 것도 나쁘지 않을 것이다. 지나온 길은 누군가가 지나야 할 미래니까 얼굴 모를 누군가를 위해 미리 청소를 좀 해두자.

오늘은 어제의 미래지만 내일의 과거이기도 하다. 결국 처음과 끝이 통하는 것처럼 우리의 과거와 미래도 통할 것이다.

통(通)하였느냐? 통하며 살아야 한다. 통하지 않으면 살아갈 수 없다. 피가 통하고 바람이 통해야 썩지 않듯 마음이 통하고 말이 통해야 다투지 않는다. 귀와 귀가 통해야 잘 들리고 코와 입이 통해야 편안하게 숨을 쉰다. 그래서 옛날과 통하지 않으면 오늘이 없고 오늘과 통하지 않으면 내일도 없다.

그래 통해보자.

책 읽으면서 먹는곳
학문서점
교과서·전문
팥빙수·팥죽
DRINK
착한메뉴
나쁜메뉴
모든헌책사고팝니다
66

길의 시작

용두산공원 입구에 위치한 **부산근대역사관**은 우리 근현대사를 고스란히 담고 있는 곳이다. 이곳은 1929년 동양척식주식회사 부산점으로 준공했다. 준공 목적은 몰락한 일본의 농민을 구제하기 위해서였다. 이들을 구제하기 위해 일본은 조선 이민정책을 펴는데 이에 필요한 땅을 확보하기 위해 동양척식주식회사를 건립하고 조선의 땅을 수탈했다. 이후 조선의 농민은 소작농으로 전락하게 되고 극심한 가난에 시달리게 된다.

그리고 동양척식주식회사 부산점은 해방 후 미군 주둔지로 이용된다. 일본의 패망으로 잠시 미군정기를 겪게 되면서 자연스럽게 미군 주둔지로 사용된 것이다. 그리고 6·25전쟁 후 미국무부 산하 미국해외공보처 기관이 된 미문화원은 부산 사람들을 상대로 미국 문화 심기에 힘을 다한다.

하지만 1980년대 미문화원이 한미불평등 관계의 상징물로 여겨지면서 방화사건이 일어나게 된다. 이 사건은 미국과 절대적인 우호관계를 유지하고 있다고 생각한 우리 사회에 큰 충격을 주었다. 방화범을 검거하고 건물의 불탄 흔적은 지웠지만 그 후로 오랫동안 삼엄한 경비가 지속되었다. 미문화원 앞을 지나는 행인들이 갓돌을 넘어가지 않도록 규칙적으로 순찰을 돌았다. 그때의 전투경찰들도 이제는 머리가 흰 중년의 신사가 되었을 것이다.

동양척식주식회사 부산점에서 미문화원으로 변해야 했던 이 건물은 1996년 우리 정부에 반환된다. 그리고 부산근대역사관이 된 것은 2003년 7월 3일의 일이다. 쇼핑센터가 되었을지도 모르는 건물이 부산시기념물 49호로 지정된 것은 정말 다행스러운 일이다.

간혹 일본인 관광객들이 흥미로운 얼굴로 부산근대역사관을 관람하는 모습을 보기도 한다. 그들은 부산근대역사관을 돌아보면서 무슨 생각을 할까?

지금도 생생한 과거를 안고 살아 있는 대청로를 바라보니 새삼스럽다. 현재 부산근대역사관이 위치한 이 길은 일제강점기에는 대청선 전차노선이었다. 부산에 살던 일본인의 교통 편의를 위해 만들어진 길에는 아직도 당시의 흔적이 남아 있다. 처음 조선은행이 들어선 자리는 한국은행 부산지점이 되어 있고 양과자를 팔던 대화옥 자리는 패션 아울렛 매장으로 변해 있다. 시간은 흐르고 공간은 변했다. 하지만 흘러간 시간과 변해버린 공간이 함유하고 있는 의미는 언제나 유효하다. 거슬러 갈 수 없어 안타깝지만 어쩌겠는가. 그것

부산근대역사관

용두산공원

이 잡히지 않는 시간의 권력인 것을.

　부산 근대역사관을 나와 **용두산공원** 입구로 들어서니 상큼한 바람 한 줄기가 이마를 쓸어준다. 길가에 늘어선 시비들이 잠시 쉬어 가기 안성맞춤이다. 비석에 쓰인 시 한 구절을 읽어본다. 말랐던 영혼에 단비가 내리는 기분이다. 아름드리 은행나무의 넉넉한 그늘을 즐기며 쉬엄쉬엄 올라 보니 남포동과 광복동은 물론이고 자갈치 앞바다도 훤히 내려다보인다.

　꽃시계 앞에서 사진 찍기. 충무공 동상을 배경으로 사진 찍기. 부산타워 올라가 보기. 1980년대까지만 해도 부산을 찾는 사람들이라면 누구나 거쳐야 했던 부산의 주요 관광 코스다. 어릴 적 용두산공원에서 사진을 찍었다면 확인해보라. 배경은 분명 꽃시계 앞이거나 충무공 동상 앞 아니면 높이 솟은 부산타워 앞일 것이다.

　하지만 용두산공원에는 개인적인 추억만을 기억하기에는 무거운 과거가 있다. 일제강점기 용미산에 있던 신사를 용두산으로 옮기면서 용두산 신사가 만들어진 것이다. ‘내선 일체’ 니 ‘황민화 운동’ 이니 하는 것들을 내세워 우리를 억압하던 일본 신사가 용두산에 있었다는 사실에 썩 기분이 좋지는 않다.

　1945년 11월 17일 민영석이 용두산 신사에 불을 지른다. 해방이 되고 3개월이 지나도록 신사가 버젓이 자리를 지키고 있는 데 격분한 민영석이 신나를 뿌리고 불을 지른 것이다.[9]

　이곳 용두산공원은 신사가 불타고도 십여 년의 세월이 흐른 뒤에야 공원으로서 그 면모를 갖추게 된다. 부산시는 1956년에 충무공 동상을, 1957년에는 충혼비를 이곳에 건립한다. 그리고 1973년에 꽃시계와 용탑, 부산타워가 만들어지면서 지금의 모습으로 바뀌었다.

앞으로 부산시는 부산타워를 등대로 만들 계획이란다. 이렇게 되면 등대로 변한 부산타워가 부산 시내를 골고루 비추게 될 것이다. 부산국제영화제 기간은 물론이고 자갈치축제나 부산불꽃축제 가 있을 때뿐만 아니라 매일같이 부산의 밤을 낮처럼 비춰줄 거란다. 부산타워에서 뿌려지는 불빛들이 남항대교를 거쳐 북항대교를 지나 광안대교까지 비춰주는 그날이 오길 기대해본다.

적산가옥 흔적이 남아 있는 용두산공원 뒷길을 나와 중앙동으로 들어섰다. 고즈넉하다. 부산중앙우체국 본점 뒤에 마련되어 있는 40계단 문화관광테마거리는 질곡의 세월을 살아온 우리 할머니 할아버지를 닮아 정겹다. 6·25전쟁 당시 전국 각지에서 몰려든 피난민들에게 부산은 살아내야 할 의지로 가득한 공간이었을 것이다. 판자촌에서 피곤한 몸을 일으켜 아침을 맞고, 부두에서 일일 노무자로 일해야 했지만 저녁이면 돌아갈 고향을 그리며 지친 일상을 달래던 곳.

부산역과 국제여객터미널이 가까운 중앙동은 당시 수많은 사람들의 서러움을 달래주던 곳이었다. 그리고 언젠가는 돌아가게 될 고향을 그리며, 그래도 정이 들어 쉽게 발길을 떼지 못하는 이들의 모습

40계단 문화관광테마거리

이 고스란히 남아 있는 곳이기도 하다.

> 고향길이 틀 때까지
> 국제시장 거리에 담배장사 하더래도
> 살아 보세요 정이들면 부산항도
> 내가살든 정든 산천
> 경상도 아가씨가 두 손목을 잡는구나.
> ― 「경상도 아가씨」, 박재홍 노래 중

경상도 아가씨의 간절한 바람이 이루어졌기를 기대하며 40계단 문화관광테마거리를 돌아 나오니 당시를 재현한 조형물들이 옹기종기 서 있다. 부두 노동자의 고단한 하루와 어머니 품에 매달린 어린 동생, 뻥튀기 아저씨 곁을 지키고 서 있는 아이들의 초롱초롱한 눈망울이 금방이라도 함박웃음을 뿜어낼 듯 살아 있다.

잠시 머물렀던 중앙동을 나와 모퉁이를 돌아서자 곧게 뻗은 대청로가 보인다. 끝이 보이지 않는 대청로를 따라 걷기 시작한다. 길을 걸으며 대청로 위를 달리는 전차와 도로가에 들어찬 상점들, 그리고 이런저런 모습으로 흥정을 하는 사람들을 상상해본다. 낡은 흑백 사진 한 장을 펼쳐 보는 기분이다. 지금은 왕복 4차로 도로가 되어 쏟아져 나온 자동차들로 가득하다. 하지만 대청로가 품고 있는 시간의 길이 때문인지 어딘지 모르게 고즈넉한 멋이 풍긴다.

고풍스러움과 새로움이 교차하는 대청사거리에서 보수동 책방골목을 만났다. 이곳은 정확히 보수동 헌책방 골목이다. 대청로 네거리 국제시장 입구에서 보수동 쪽에 위치한 책방 골목은 들머리부터 헌책들로 가득하다.

이곳의 숨은 이야기는…… 말하지 말아야겠다. 책 속에 들어 있는 이야기를 입으로 들려주는 어리석은 누(累)를 범하고 싶지 않다. 책 속 이야기를 확인하는 가장 좋은 방법이 활자 말고 뭐가 또 있겠는가.

그러나 이곳이 해방 이후 일본인들이 버리고 간 책과 미군들이 읽다 버린 헌책, 잡지 그리고 학생들이 보던 참고서를 주워 팔기 시작하면서 생겨났다는 것. 그리고 6·25전쟁 통에 책과 쌀을 바꾸거나 배고픔과 책을 바꾸던 곳이라는 것, 책값은 책방 주인 마음에 따라 결정되기도 했다는 것, 다만 컴퓨터 문화가 확장되면서 그 숫자가 현저히 줄어들었지만, 여전히 희귀본이 나오기도 하는 참으로 알진 곳이라는 것 정도만 알려주어야겠다.

과거와 현재를 오가며 한참을 걷다 보니 책방 골목 어귀에서 풍겨오는 달콤한 도너츠 냄새에 군침이 돈다. 이곳의 도너츠는 80~90년대 학창시절을 보낸 이들에게 추억을 선사하기에 충분하다.

책방골목 어귀의 도너츠 가게

보수동 책방골목

주인 부부는 지금도 책방 골목에서 고소한 기름 냄새를 풍기며 도너츠를 튀기고 있다. 불편한 몸이지만 긴 세월 자리를 지켜주는 주인부부가 있어 마음이 푸근해진다.

보수동 책방골목을 따라 걷다 보면 오르막길을 만나게 된다. 그리 높지 않은 오르막길을 오르자 임시수도기념관이 보인다. 우거진 숲 사이로 언뜻언뜻 보이는 초록색 지붕이 정겹다. 붉은 벽돌로 이루어진 건물의 삼각 지붕은 과거 격동의 시간을 간직한 채 묵묵히 세월을 보내고 있다.

우리의 아픈 역사를 보여주고 있는 임시수도기념관은 작고 소박하지만 작은 덩치로 굴곡진 역사를 살아낸 아버지 같은 모습이랄까. 그 시대를 살아온 세대의 아픔을 활자로밖에 만날 수 없어 안타깝다.

임시수도기념관은 1926년 8월 10일 경남도지사 관사로 준공되었다. 경상남도도청을 부산으로 이전하면서 함께 만들어진 임시수도기념관은 그 시작부터 순탄치 않았다. 일본에 의해 강제로 이주되다시피한 경상남도 도청과 함께 시작된 역사이니 그 출발부터가 좀 씁쓸할 수밖에 없다.

1950년 6 · 25전쟁 일어나자 정부는 수도를 서울에서 대전 · 대구로 옮기고, 8월이 되면서는 부산으로 옮기게 된다. 이렇게 수도가 된 부산은 경상남도 도청을 중앙정부 청사로 쓰게 되고 도지사 관사로 쓰이던 곳을 이승만 대통령 관저(官邸)로 사용하게 되었다.

임시수도기념관

그때의 긴급했던 역사는 뒤로 하고, 고즈넉한 주택가 한 편에 자리한 임시수도기념관 마당은 아직도 대통령이 집무를 보는 것처럼 잘 정돈되어 있다.

알차고 실속 있게 서민의 휴일을 책임지는 또 하나의 공간은 다름 아닌 구덕운동장 일대에 있다. 주말이면 어김없이 **구덕골 문화장터**가 문을 연다. 혹자는 이곳을 부산의 인사동이라 부른다. 하지만 내 보기엔 인사동처럼 거대하지 않아 좋다. 적어도 그 규모에 기죽지 않아도 되니까.

이곳에는 오래된 고미술품과 생활용품이 주로 나온다. 구덕운동장 담벼락을 따라 쭉 늘어놓은 여러 가지 물품은 차를 타고 가는 사람의 시선까지도 빼앗는다.

쉬엄쉬엄 가자. 누가 물건을 만지며 감상하든 눈치 주는 이가 없다. 그렇다고 뭐 꼭 살 물건이 있어서는 아니다. 그 아기자기하고 독특한 물건들을 구경하는 동안의 휴식, 그것이 좋아서다.

유난히 어르신들이 많다. 아마도 어르신들은 옛날을 추억하고 싶어 이곳을 찾으실 게다. 연신 감탄사를 쏟아내며 이곳저곳 구경하기에 바쁘다. 한지에 엉성하게 그린 그림도 있고 공장에서 한 통속으로 찍어낸 도자기도 있다. 촛대며 밥그릇 하다못해 언제 출판되었는지 가늠도 안 되는 고서적까지 이곳에 놓여 있는 것들은 모두 세월에 묻혀 오늘을 보는 것들이다.

스마트폰을 손에 들고 열심히 인터넷 검색을 하던 젊은이가 오래되다 못해 그 빛깔까지 변해버린 책 한 권을 들고 돌아선다. 그러면서도 연신 스마트폰이 알려주는 정보를 읽느라 여념이 없다. 공존하는 모든 것은 아름답다. 공존하는 모든 것이 모여 있는 구덕골 문화장터도 아름답다. 앞으로 더 오랜 시간 동안 공존해주길 바라며 구덕운동장 정문을 향한다.

전깃불 잡아먹고 달리던 전차가 만들어준 길. 그 길 위에서 우리가 만난 것은 어쩌면 부산의 과거가 아니라 미래일지도 모른다. 전차가 숨겨놓은 부산을 만나려면 아무래도 전찻길을 따라가 보아야 할 것 같다.

구덕골 문화장터

대신동 전차의 넉넉한 실내에는 단정하게 정리된 의자가 놓여 있다.

당장이라도 '땡땡땡' 종을 울리며 앞으로 달려 나갈 것 같은 전차는 세월이 흘렀지만 생기가 느껴진다. 1915년 11월 1일. 역사적인 전차 개통식이 열리던 날. 구경꾼이 무려 400명이나 몰렸단다. 지금이야 400명이 뭐, 싶겠지만 1915년 당시 부산 인구가 약 6만 명이었다고 하니 얼마나 많은 구경꾼이 몰린 것인지 짐작이 간다.

부산의 전차는 부산 경편궤도(주) 가 설립되고 부산진에서 동래 간 경편궤도를 준공하여 12월 2일부터 운행을 개시하면서 시작된다. 그리고 1911년 조선와사전기(주)가 부산경편궤도(주)를 인수한 후 부산진에서 동래 온천장 간의 철도를 전차병용으로 바꾸면서 본격적인 전차 시대

1967년 대청동 거리

가 시작되었다. 전차 시대를 위해 경편철도의 출발지였던 부산진에서 시내 쪽인 초량과 부산본역까지 선로를 신설하고 이 선로를 기존 부산진에서 동래 온천장 입구까지의 경편열차 선로와 연결했다. 이렇게 함으로써 시내 중심가에서 시외 동래까지 전차가 달리게 된 것이다.

뒤이어 대청선(1916), 광복선(1917), 대신동선(1928), 영도선(1935), 충무동선(1944~1945)이 연달아 개통된다. 이로써 부산의 중심가였던 중구를 비롯해 서구, 영도와 서면, 온천장까지 연결된 전차의 전성기가 시작된 것이다. 당시 사람들은 전철을 '전깃불 잡아먹고 달리는 괴물'이라고 생각했단다.[10] 그랬을 것이다. 조랑말을 타거나 가마를 타고 먼 길을 오고 가던 시절이었으니 말이다.

잘나가던 부산의 전차 사업은 광복 이후 최대 경영난을 겪게 된다. 광복이 되면서 남선합동전기(주)가 보유했던 전차 중 38대만이 우리 손으로 넘어왔지만 그것 역시 노후된 차량에 불과했다. 그러다 보니 전차사업은 사양길로 접어드는 듯하다가, 광복 이후 부산의 인구가 급격하게 늘어나게 되고 1950년 6·25전쟁으로 부산의 인구가 폭발적으로 증가하자 남선합동전기(주)는 노후된 차량을 정비하여 운행하면서 전차 산업이 어느 정도 안정을 찾게 된다.

그러나 계속적으로 발생하는 전기세와 유지·보수비로 적자가 누적되어 전차사업은 결국 문을 닫게 된다. 전차는 1909년에 운행을 시작해 1968년 5월 20일로 그 역사를 마감하게 되었다. 전차의 쇠락을 떠올리며 의자에 앉아 있자니 53년 동안 부산 사람들을 실어 나르던 전차의 묵직한 몸피가 느껴진다. 문득 표용수 선생의 책에서 읽었던 대목이 떠오른다.

한량들은 여름밤에 한 잔 술로 목을 축이고 시원한 밤바람을 쐴 겸해서 부산역에서 동래 온천장까지 밤 드라이브를 즐겼다. 당시

대신동 전차

돈푼께나 있고 할 일이라고는 별로 없는 한량들은 왕복 전차 삯으로 단돈 50전이면 느긋하게 저녁 바람을 쐬며 무료한 시간을 심심찮게 보낼 수 있었다고 한다. 그러나 단돈 50전이라고는 하지만 그것은 어디까지나 살림살이가 넉넉한 부자들에게 어울리는 호사이고, 가난한 일반 서민들에게는 50전도 큰돈이었다.

—표용수, 『부산 전차운행의발자취를 찾아서』

무엇이든 최초는 진귀한 것이다. 전차도 예외가 아니었던 모양이다. 서민에게는 그 삯이 큰돈이었다니 말이다. 하지만 세상의 모든 가치는 변하기 마련이지 않나. 그렇게 삯이 비쌌다는 전차도 이제는 지난 시간을 묵묵히 담고 낡아가고 있다.

하지만 전차는 추억 속에서 여전히 건재하다. 이어폰을 꽂은 젊은 이들이 MP3를 들으며 서 있는 곳은 대신동 전차 종점이다. 지금은 문화아파트가 들어서 있지만 이곳이 전차 종점임을 기억하기 위해 전차 종점 표지석이 세워져 있다. 그리고 전차 모형의 버스 승강장도 설치되어 있어 사라진 전차에 대한 추억을 되살리고 있다.

전차 모양의 버스 승강장이 담고 있는 의미를 모르는 청소년들이 삼삼오오 짝을 지어 버스에 오른다. 전차를 타고 통학을 했던 1930년대 당시의 어여쁜 소녀는 이제 호호 할머니가 되어 있겠지. 아니 어쩌면 버스에 오르는 저 소녀의 할머니일지도 모르겠다.

세월이 흐르고 나면 지금 저 소녀도 할머니가 되겠지. 하지만 소녀야 전차 모양의 승강장에서 버스를 탔던 지금을 기억하렴. 전차를 타고 통학을 했던 너의 할머니가 전차를 기억하듯.

　모든 것은 굴렁쇠이며 뫼비우스의 띠다. 순환하는 시간의 고리 위를 찬찬히 살펴보니 과거가 있고 오늘이 있고 내일도 있다. 굴렁쇠처럼 자연스럽게 굴러가는 시간을 만나고 나니 살아오는 동안 굳어졌던 어깨가 풀리는 것 같다. 여행을 하면서 만났던 것을 다시 떠올려보니 어딘지 모르게 낯이 익다. 어쩐지 늘 함께해온 듯한 친근함…….

　그래 이제 알겠다! 우리가 걷고 있는 이 길 위에서 여행이 시작된다는 것을. 그리고 길의 끝에서 새로운 길이 시작된다는 것도. 그러니 길 위의 여행은 계속될 것이다.

四十階段紀念碑

40계단 기억을 더듬다
일시 : 11월 14일(토) 오후 3시   장소 : 40계단

1 http://blog.daum.net/yescheers/8598220

2 http://news.busan.go.kr.

3 http://tour.bsnamgu.go.kr/cultural/01_tour/tour_02.htm

4 주경업, 『부산 이야기 99』, 2008, 부산민학회, 13-19쪽

5 네이버 백과사전 참고

6 http://blog.naver.com/PostView.nhn?blogId=10bk&logNo=151689601.

7 주경업, 같은 책, 341-346쪽

8 http://cafe.daum.net/gupostations

9 당시 민영석에 의해 신사가 불탔다는 사실은 비밀에 붙여졌단다. 어찌되었
건 공공건물이었기 때문이라나? 암튼 세월이 흐르고 민영석의 증언으로 그
런 사실이 알려진 것이다. 주경업, 같은 책, 223-232쪽

10 표용수, 『부산 전차운행의 발자취를 찾아서』, 2009, 선인, 61-70쪽

참고문헌

『나의 제주는 당신의 도시보다 아름답다』, 김윤정 · 김현주 지음, bookway, 2011

『내 사랑 나의 부산-렌즈와 펜으로 쓴 부산 기행』, 이몽희 지음, 부산경상대학, 1998

『뉴욕, 매혹당할 확률 104%』, 전지영 지음, 웅진지식하우스, 2005

『부산을 걷다 놀다 빠지다』, 엄윤숙 지음, 포럼, 2011

『부산 전차운행의 발자취를 찾아서』, 표용수 지음, 선인, 2009

『부산이야기 50마당』, 최해군 지음, 해성, 2007

『부산이야기 62마당』, 최해군 지음, 해성, 2009

『부산 이야기 99』, 주정입 시음, 부산민학회, 2008

『부산의 도시 형성과 일본인들 선인』, 양미숙 외 8명 지음, 2008

『부산은 항구다』, 강영조 지음, 동녘, 2008

『부산 다시 뛰자』, 부산시보 창간 30돌 기념문집 발간위원회, 지평, 2007

『부산 길 걷기 가이드 북』, 부산길걷기시민모임 지음, 빛누리, 2009

『부산 온 더 로드』, 서진영 지음, 시드페이퍼, 2011

『부산을 맛보다』, 박종호 지음, 산지니, 2011

『숨겨진 이야기 부산』, 이양훈 지음, 부산컨벤션뷰로, 2006

『신문화지리지』, 김은영 외 7명 지음, 산지니, 2010

『시내버스 타고 길과 사람 100배 즐기기』, 김훤주 지음, 산지니, 2012

『여행의 달인 부산』, 정혜영 · 염수현 지음, 리더스하우스, 2011

『이탈리아의 꽃 피렌체』, 리사 맥케리 지음, 강혜정 옮김, 중앙북스, 2008

『제주 하늘은 맑음』, 김랑 지음, 나무[쉬], 2011

『ENJOY 부산』, 구지선 지음, 넥서스, 2010